酒と飯
居酒屋お夏 春夏秋冬

岡本さとる

幻冬舎時代小説文庫

酒と飯　居酒屋お夏　春夏秋冬

目次

第一話　引っ越し蕎麦　7
第二話　大蒜《にんにく》　83
第三話　芋粥　157
第四話　酒と飯　236

第一話　引っ越し蕎麦

一

「この人は、今日からうちの長屋に住むことになった半次郎《はんじろう》さんです」

お夏《なつ》、清次《せいじ》、そして居酒屋の常連客に、弁十郎《べんじゅうろう》は、三十半ばの男を引き合わせた。

弁十郎は、太鼓橋西詰に連なる長屋の大家である。

親の代から大家を務めているのだが、二親の死後は女房にも愛想を尽かされ、長く一人で稼業をこなしていた。

生来の几帳面な性格が、融通の利かない四角四面で頑強偏屈なものへと変じ、人を寄せつけない。そんな夫の気難しさに妻女は耐えかねたのである。

それでも、

「自分には落ち度は何ひとつない」

という自負を持ち続ける弁十郎は、我が道を迷うことなく進み、周囲の者達を辟《へき》易《えき》とさせてきた。ところがこのおやじ、見かけによらず大福餅が好物で、〝おたいこ〟という餅屋に通ううちに、店の女中・お吉《きち》に心惹かれるようになった。

理屈の多い弁十郎を巧みな物言いで宥《なだ》めすかすお吉が、いつしか彼にとって必要な存在になっていたのだ。

まともに人交わりが出来ぬ弁十郎も、お吉になら素直に物を訊《たず》ねることが出来た。懐かれるのを迷惑がっていたお吉も、根はやさしい弁十郎にほだされ、やがて望まれて妻となった。

お吉によって、人に頼られる大家へと変貌を遂げた弁十郎は、夫婦でお夏の居酒屋に来ることも増えた。

そしてこの日。新たな入居者となった半次郎に、

「行人坂《ぎょうにんざか》を上がったところにある居酒屋を知っておくと重宝しますぞ」

と勧め、世話を焼いたというわけだ。

「半次郎と申します。土地不案内でございますので、色々と教えてやってください

まし」

半次郎は丁寧に頭を下げて挨拶をした。

「まず、これからは贔屓《ひいき》にしてやってくださいな」

お夏は、物腰が柔らかく、さっぱりとした様子の半次郎に好感を覚えて、いつもの仏頂面を綻ばせてみせた。

料理人の清次は、

「清次でございます。大家さんから話は聞いておりますので、後で用意させていただきますよ」

と、半次郎と弁十郎に頷《うなず》いてみせた。

「清さん、何を用意したんだい？」

さっそく常連肝煎《きもいり》の口入屋・不動の龍五郎《りようごろう》が、半次郎に会釈しながら問うた。

「そばですよ」

清次は、ニヤリと笑って板場へと入った。

「そば……？」

半次郎は一同を見廻して、

「へい、お近付きの印に、そばを食べていただこうと思いましてね」

照れ笑いを浮かべながら言った。

「そいつはありがてえや」

龍五郎の乾分《こぶん》の政吉《まさきち》が、嬉しそうに言った。

「こんな時じゃあねえと、清さんのそばは食えねえからな」

常連達は一斉に相槌を打った。

年越しの時など、ごくたまに清次はそばを打つが、

「あっしなんぞのそばは、食えたものじゃあありませんよ」

と言って、日頃は滅多に拵《こしら》えない。

しかし、少しばかり太めの麺は、ほどよいこしがあり、こくのある付け汁との相性も抜群で、

「清さん、もっとそばを出してくれよ」

と、人気があった。

しかし、目黒には何軒ものそば屋があり、居酒屋の料理人である清次は、そばはそちらに任せておけばよいと思っている。

美味《うま》い美味いと評判になれば、そば屋の商売の妨げになるし、

「清さんが、そば打ちばかりしていたら、うちの商売がままならないよ」

お夏が断りを入れていたが、この日は居酒屋の常連達への挨拶にと、半次郎が弁十郎を通じて〝引っ越しそば〟を頼んでいたので、久しぶりのそば打ちとなった。

客達は、ひとしきり煮物や干物で飲んでいるので、しめの一品に小盛のそばがちょうどよい。

「半さん、ごちになりますよ！」

方々で嬉しそうな声があがった。

お夏の居酒屋に集う、一癖も二癖もある連中に取り入るには、何よりの振舞となった。

これを思いついて半次郎に勧めた弁十郎は、面目躍如たるもので、

「わたしからは、お酒を出させていただきますよ」

上機嫌で酒を振舞ったものだ。

お吉との縁によって、かつての頑強偏屈男も、すっかり変わったものだと、誰もが感心しながら、半次郎との夜は過ぎていった。

半次郎の楊枝職人の師匠が以前、弁十郎長屋の店子《たなこ》であった。その縁から、弁十郎は、長屋の一軒がちょうど空いたので、半次郎を迎え入れたという。

とはいえ、店子についてあれこれ人に語るものではないと心得て、半次郎の過去には一切触れなかった。

お夏と清次は、半次郎を一目見て、

――何か以前に屈託を抱えていて、江戸の片田舎に流れてきた。

そんな男ではないかと推察していた。

物腰も柔らかく、物言いにも愛敬があるが、江戸生まれの風情はなく、時折強い光を帯びる鋭い目を見れば、

――堅気《かたぎ》でなかった頃があった。

とわかる。

しかし、心の内ではそのように見ていても、お夏、清次は元より、店の常連達もまた、半次郎の過去には触れなかった。

常連達は、何《いず》れも脛《すね》に疵《きず》持つ者ばかりである。

以前を問えば、そのまま自分に返ってくるのを百も承知なのだ。

そういう店の内に漂う、暗黙の決まりごとが伝わり、半次郎は連れてきてくれた弁十郎に感謝していた。

そして彼は、今の自分についてはよく語った。

居酒屋へ来るまでに、長屋の住人達にも一通り挨拶をしてきた。その折には、長屋近くのそば屋から、盛そばを届けてもらった。

皆が好《い》い人そうでよかった。

一軒だけ、左官職の夫婦が、親方の慶事の手伝いに、二人して泊まり込みで出かけていて顔を合わすことが出来なかったが、

「こちらさんも、評判の好いご夫婦で、今から会うのが楽しみでございます」

で、あるらしい。

これからは日がな一日家に籠って、ふさ楊枝や平楊枝を拵えて暮らすという。

ふさ楊枝は、歯を磨くためのもので、柳の小枝の先を潰して房にするのが、なかなかに難しい。

下目黒・威得寺《いとくじ》門前には、時折居酒屋に一杯やりに来るお仲《なか》という女が営んでいる楊枝屋がある。

長屋での挨拶がすみ、そこへ自作の楊枝を持ち込んでみると、お仲はいたくこれを気に入って、

「他所《よそ》へ売らずに、うちに持ってきてくださいな」

と、言ってくれた。

「他所さんから睨《にら》まれねえように、ぼちぼち拵えていくつもりでございます」

控えめな言葉の中に、半次郎は目黒での意気込みを語ったのである。

「そうかい、楊枝をねえ。そいつは好いや。おれに合うふさ楊枝を拵えてくれねえかい」

龍五郎は、ちゃっかりと注文して、

「ああいう細けえ手仕事を一日中していると、気が滅入っちまうこともあるだろうねえ。まあ、そんな時はこの店に来て、馬鹿話でもすりゃあ、気が紛れるってもんさ」

たちまち打ち解けた物言いをした。

やがて、頃やよしと、清次がしめの〝引っ越しそば〟を出した。

「こいつをありがたくいただいて、とっととお帰り。明日もまた辛《つら》い仕事が待って

いるんだからさ」

お夏は憎まれ口を叩きながら、これを配った。

一同は半次郎に、

「半さん、ごっそあん！」

と声をかけ、そばを啜《すす》った。

去年の暮れに〝三十日《みそか》そば〟を、店に集まって食べた常連達は、久しぶりの清次特製のそばに舌鼓を打ち、皆一様に幸せそうな顔をしていた。

この町に住み、この店に親しむ。

きっと楽しい日々になるだろう——。

慣れぬ土地で希望を見出《みいだ》し、半次郎の表情にも安堵の色が浮かんでいた。

お夏と清次は、半次郎歓迎の小宴が盛会に終り、ほっと一息ついていた。

思えば二人で目黒へ来てから、居酒屋で何度こういう光景を目にしたであろう。

出会いと別れを繰り返すのが人の世だが、果して半次郎は、この先目黒の地に居着くことになるのだろうか。

半次郎は、清次に似た苦み走った顔をしているが、その苦みは過去のどこから醸成されたものであろう。

人となりに俠気《きょうき》を覚える好い男だけに、二人は半次郎が過去に蒔《ま》いた人生の種子が、ここで花を咲かせ、実を収穫出来るようにと、心の内で祈っていた。

二

翌朝。

弁十郎の長屋で目覚めた半次郎は、昨夜、お夏の居酒屋で拵えてもらった焼きおにぎりで朝飯をすませた。

「独り者にはこれが何よりですよ」

お夏がそう言って持たせてくれたのだ。

「なるほど、こいつは好いや」

四月となって汗ばむ陽気が続いている。

焼いたおにぎりは、日持ちするし、火鉢で炙《あぶ》って食べれば実に香ばしくて美味い。

――居酒屋へ飯を食いに行ったら、こいつを拵えてもらおう。

新たな暮らしでの工夫や発見は楽しく、鉄瓶で沸かした湯で茶を淹れ、湯呑み茶碗に注ぐと、これを脇に置いて仕事を始めた。

楊枝の材料は、柳、竹など色々あるが、楠《くすのき》の一種である〝黒文字〟は、人気がある。

香料にもなる木で、これで出来た楊枝を口に近付けると、ほのかな芳香がして、真に心地よいのだ。

半次郎は、黒文字で平楊枝を作り続けた。

昼からは一息入れて、ふさ楊枝にかかるつもりであった。

ふさ楊枝を化粧道具として使う役者もいて、房の加減がよいと、手間がかかる分、高い値が付く。

半次郎は〝ふさ楊枝の名人〟になれるよう励んできた。

「わたしは、この人のふさ楊枝じゃあないと、どうにもならないのさ」

などと言われることが、職人の冥利であり、その評判が身を守ってくれるであろう。

黙々と小枝を削るうち、あっという間に、昼となった。

「さて一息入れようか……」

半次郎は独り言《ご》ちて手を止めると、昼飯を食べに出かけんとして立ち上がった。

座り仕事は足腰が鈍《なま》る。

「行人坂を上ってみるか……」

坂の上の居酒屋は、朝から店を開けている時もあると聞いていた。

足腰を鍛えがてら、中食《ちゅうじき》もお夏の居酒屋ですますのもよい。

そう思い立って、表へ出ると、ちょうど大家の弁十郎が、女房のお吉と二人で、
半次郎を訪ねてくるところであった。

「こいつはどうも……。昨日はありがとうございました」

半次郎が小腰を折ると、

「あら、お出かけでした？」

お吉が言った。

「いえ、ちょいと一息入れようかと思っていたところで……」

「そんならちょうどよかったわ。たった今、利兵衛《りへえ》さん達が帰ってきたのよ」

「そうでしたか。そいつは気付かずにおりました」

半次郎が頭を掻《か》くと、弁十郎はしかつめらしい表情となり、

「いやいや、さぞや一心不乱に楊枝を拵えていたのでしょうな。結構、結構……。さてひとまずお引き合わせしておきましょう」

と、斜め向かいの一軒に、半次郎を誘った。

まだ挨拶のすんでいない、件《くだん》の左官職の住人が、その家の利兵衛夫婦であった。

これでまた一段落つく。

半次郎が、大家夫婦に連れられて、挨拶に出向くと、利兵衛が威勢よく土間に下り立ち頬笑《ほほえ》んだ。

「半次郎さんですかい？」

「へい、ご挨拶に伺いました」

「左様で……。利兵衛でごぜえやす……」

歳《とし》の頃は、半次郎より五つ六つ下であろうか。

小柄のあばた面で、男振りは半次郎よりはるかに劣るが、彼以上に物腰が柔らかく、愛敬を備えている。

「昨日も来ていただいたそうで……。生憎《あいにく》留守にしておりまして、お手間をとらせ

てしめえやした」

半次郎を年長と見て、実に丁重な物言いである。

「何の、あっしこそ間が悪いことで相すみません」

半次郎もまた、受け応えが自《おの》ずと丁寧になった。お吉が横から、

「後で、半次郎さんが、おそばを届けてくれるそうですよ」

と、言葉を添えた。

「そばを……？」

利兵衛は申し訳なさそうに、

「そんな気を遣ってもらわねえでもよかったのに。こいつは畏れ入りやす」

と、頭を下げると、土間の向こうを見て、

「おい、おさい！ お向かいさんがご挨拶に来てくださったんだぞ！ ぐずぐずしてねえで早く出てこねえか」

と、奥の部屋にいる女房を呼んだ。

親方の家で慶事があって、泊まり込みで手伝っていたというから、あれこれ土産物などをもらってきたのであろう。

土間から二間続きの家は、裏店《うらだな》にしてはなかなかに広い造作である。

おさいの姿は障子戸の向こうにあって、未だ明らかではなかった。

「利兵衛さん、そんなに急かさなくったって好いですよ。外から帰ったばかりですからね。おかみさんにも色々段取りがあるんでしょうよ」

半次郎が宥めるように言うと、弁十郎とお吉も、もう少ししてから半次郎を連れてくるべきだったと取りなした。

「そんな風に言われると、面目次第もございませんや……」

利兵衛は恐縮して、今度はやさしい声で、

「おさい、お前がのろまだから、皆さんに気を遣わせちまったじゃあねえか」

と、再び呼びかけた。

「おさい、さんというんですねえ。おかみさんの名は……」

利兵衛の話しぶりから、さぞや恋女房に違いないと、半次郎は少しうっとりとした表情を浮かべた。

おさいという名は、半次郎にとっても思い入れのある名のようだ。

「今行きますよ……」

奥からおさいの声がした。

「ちょいと手がふさがっていたんですよ……」

その刹那、半次郎の表情が曇ったが、大家夫婦は、ほのぼのとした夫婦のやり取りを前にして、まったくそれに気付かなかった。

「お待たせいたしました……」

そうして現れたおさいを見て、半次郎は顔を強張らせた。

それは、元気よく現れたおさいも同じであった。

「利兵衛の女房でございます」

おさいは動揺を隠すように、しっかりと頭を下げた。

「おさい、慌てて出てきたら、好い男がいるんでびっくりしたかい」

利兵衛は笑いながら声をかけた。

「いやいや、あっしもきれえな女《ひと》がいきなり出てきたから驚いちまいましたよ」

少しおどけた半次郎の物言いに、利兵衛も大家夫婦もからからと笑った。

おさいは恥ずかしそうに俯《うつむ》いたままだ。

「おさい、何を照れてやがるんだよ。半次郎さんが気を遣って、そばを届けてくださるそうだ」

利兵衛は、そういうおさいが愛しくて堪《たま》らぬという様子である。

「〝引っ越しそば〟を……、それはありがとうございます」

おさいは心を落ち着かせ、笑顔で半次郎を見た。

「ほんの挨拶代わりですよ。そんなら、どうぞよろしく……」

半次郎は、利兵衛夫婦に頷いてみせると、大家夫婦に頭を下げて、長屋の木戸を潜《くぐ》った。

そして行人坂をゆったりと上り始めたが、一人になると心ここにあらずの様子となった。

――おれは独りだから好いが、あいつは大丈夫か。

あいつとはおさいのことである。

何たることであろうか。半次郎とおさいは、ゆえあって別れ別れになってしまったが、かつては末を誓った仲であった。

こうして再会したとて、

「おや、久しぶりだなあ」

「ええ。こんなところでまた会えるとは、思ってもみませんでしたよ」

と、明るく言い合える間柄ではなかったのである。

三

放心の体《てい》で行人坂を上った半次郎であったが、坂を行く間に平静さを取り戻していた。

幸いお夏の居酒屋は開いていた。

飲まずにはいられなかった。

だが、昨日の今日で屈託を他人に見せたくもない。

それでも家で独り茶碗酒をするのも気が滅入る。

居酒屋をそっと覗《のぞ》くと、昼からの仕事にあぶれたと、早々に夕餉《ゆうげ》に続く酒を飲んでいる連中も、ちらほら見受けられた。

自分もその手でいこう。昨夜、口入屋の龍五郎が、たまにはこの店で馬鹿話でもして、気を紛らすが好いと言ってくれていた。

少々悩みごとを抱えていても、この店ならずけずけと、

「どうしなすった。どこか具合でも悪いのかい？」

などと言って寄って来る者もいるまい。

ふらりと縄暖簾《なわのれん》を潜ると、

「いらっしゃい……」

女将《おかみ》のお夏は、ただその一言で迎え、清次と二人でにこりと会釈するだけであった。

思った通りのありがたい店だ。

「飯にしますかい？　一杯やりますかい？」

清次が問うた。

「そうだねえ、ちょいと早いが酒をもらおうか。朝の内はせっせと楊枝を拵えたが、どうも落ち着かなくてねえ」

「へい。そんなら何かみつくろいましょう」

清次は、客に言われた通りに動く。

この居酒屋は、開いている限り、飯か酒の何れかを出す。

昨夜も見かけた車力の為吉《ためきち》が、仕事が落ち着かない時は、さっさと切り上げて一杯やるに限ると目で物を言って、己が盃《さかずき》を半次郎に掲げてみせた。

半次郎は、にこりと頬笑みを返し、一人でゆったりと酒を飲んだ。

酒を楽しむゆとりはなかったが、飲むと気が紛れた。

あまり考え過ぎてもいけない。飲めば飲むほど気持ちが自棄《やけ》になっていく。それではいけない。

うだうだと愚痴が出る前に、

「昨日の焼きおにぎりを二つもらって帰ろうかな」

と頼んで、日が傾き始めた頃に店を出た。

「またどうぞ……」

と、お夏に送り出されると、もう店の常連の一人になったような気がして、心が和んだ。

お夏はというと、一度だけ清次と目配せをして、ゆったりと煙管《キセル》で煙草《たばこ》をくゆらせた。

清次は黙って板場で包丁を揮《ふる》う。

二人にとっては一人の客。いちいち構ってもいられないが、

――やはり、半次郎という男は過去と戦っている。

という想いは確かなものとなっていた。

少し気になるのは、彼がこの目黒の地に、長く居着くのか、またすぐに他所へ行ってしまうのか――。

長く居るのなら、店の常連客になるであろう。一度や二度は、お節介を焼いてやらねばならないような気がする。

二人の目配せには、そんな意味が含まれていた。

半次郎は、すぐには長屋に戻らず、五百羅漢の片隅で暮れ行く空を眺めながら、焼きおにぎりをひとつ食べ、しばらくあてどもなく辺りを巡り、すっかりと夜の色に染められた頃になって、そっと長屋へ戻った。

斜め向かいの利兵衛の家には、ぼんやりと明かりが灯《とも》っていた。

「何でえ、おさい、どこか具合でも悪いのかい？　今日は何もしなくていいから早く寝な……」

そんな声が聞こえてきた。おさいも、半次郎とこの先どう付合えばよいか、悩んでいるようだ。

半次郎は忍び足で自分の家へ戻ると、二間続きの奥の部屋へ入って、戸を閉め切ってから寝仕度をした。

枕元には酒徳利《さかどくり》を置き、一口含みつつ、眠れぬ夜を過ごしたのであった。

目の前にちらつくのは、おさいの姿である。

やがて、酒の力で眠りについたものの、朝を迎えると、まず頭に浮かぶのは、やはりおさいの哀しそうな表情であった。

——こんなことがあっていいのか。

その想いは募るが、どうすることも出来ぬ身の定めと得心するには、あまりに酷な状況に置かれていた。

思い悩んでも腹は減った。

——やっぱりこいつはありがてえや。

半次郎は残りの焼きおにぎりを、そのまま頰張った。

腹に物が入ると、何やらおかしくなってきた。

自分はこうして一端《いっぱし》の楊枝職人として暮らせている。

おさいは、人がよくて親方にも気に入られている左官職の女房となって、幸せに暮らしている。

何も哀しむべきことはないのだ。

——互いにもう好い歳だ。

なるようになるさと、己が心を奮い立たせ、半次郎は、昨日手付かずのままになっていたふさ楊枝作りにかかった。

すると、

「半次郎さんは、おいでですか……」

表でおさいの声がした。

半次郎は一息呑み込むと、

「へい、どうぞお入りくださいまし」

おさい同様、長屋のご近所同士の口調で応えた。

「ごめんくださいまし……」

おさいが入ってきて、竹の皮に包んだ菓子を上がり框《かまち》に差し出すと、

「や、やどが、お返しに何か届けておけと申しまして……」

引っ越しそばの礼を言った。

利兵衛が言ったのか、おさいが亭主に持ちかけたのか知れないが、今日からご近所付合いが始まったらしい。

しかし、おさいの縋《すが》るような目を見ると、昨日の礼に託《かこつ》けて、半次郎と話したくてやって来たように思えた。

とはいえ、二人だけで話がしたかったのは半次郎も同じであった。

「まずは達者で何よりだ……」

半次郎は呟《つぶや》くように言った。

「半さんも……」

おさいも声を潜めた。

「ちょいと話しておかねえといけねえな」

「あたしもそれを言いたくて……」

「だがここで長話もできねえ」

「あたしは構いませんよ」

「そいつはならねえ。どこかで落ち合おう」

　人目につかず、会っているところを見られても、言い訳が出来る場はないかと、半次郎は囁《ささや》いた。

「そんなら……」

　おさいはしばし考えた後、

「岩屋の弁天様の裏手に、お稲荷があるから、その辺りが好いわ。すぐに出て待っているから」

　と告げて、

「何か困ったことがあったら、遠慮なく言ってくださいね」

　おさいは、向かいの左官職人の女房の口調に戻って、半次郎の家から出て行った。

「あれから七年か……」

　半次郎は、しみじみとした声で独り言ちると、おさいが置いていった、竹の皮の包みを開いてみた。

　包みには草餅が入っていた。

　それは半次郎の好物であった。

四

落ち合う場は、目黒不動からほど近かった。

この地の名所である目黒不動に参って、その足で岩屋弁天を訪れたところ、裏手の稲荷に参るおさいを見かけ、草餅の礼を言ううちに、あれこれと町の事情を聞いていた――。

人に見られても、ここならそんな風に言い訳が出来るであろう。

こういう智恵が咄嗟《とっさ》に浮かぶのは、おさいがこれまで人目を忍び、苦労しながら生きてきた証《あかし》である。

半次郎は、そのように思えて胸が苦しかった。

約束の場に着くと、既におさいが来ていて、彼女は稲荷社に手を合わせていた。

言い訳を考えるまでもあるまい。その辺りはひっそりとして、人影もなかった。

「半さん……」

おさいは半次郎の姿に気付くと、切ない顔を向けてきた。

「半さん、あたしは……」

「何も言うことはねえや。お前はおれの言った通りにしたまでだ」

七年前の別れ際、

「三年、いや、二年の間、おれがお前の許《もと》を訪ねてこなかったら、おれをきっぱりと忘れて、まっとうに暮らしてくんな」

半次郎は、おさいにそう告げた。

何があってもそうするのだと、厳しく言い渡したのだ。

「別れてから、おれはお前を捜し歩いた。お前を捨てたわけじゃあねえ。それだけは、わかってくんなよ」

「わかっています。きっと半さんは、今の今まで、あたしを捜してくれていたんだと……」

おさいの言う通りであった。

かつては末を誓い合った半次郎とおさいであったが、二人が一緒になるには苦難の道が立ち塞がっていた。

ひとまず別れて、落ち着いたところで夫婦にならんとしたものの、繋《つな》ぎをとることも出来ず、そのまま生き別れてしまったのである。

そして半次郎は、昨日、斜め向かいの長屋の住人の女房が、おさいと知るまで、ひたすら彼女を捜していたのだ。

「おれはお前を恨んじゃあいねえよ。恨めた義理など何もねえじゃあねえか」

「いいえ、恨んでおくんなさい。あたしは、半次郎さんが死んだと聞いて、それを信じてしまったんですよ」

おさいは腹の中から絞り出すように言った。

「おれが死んだ……」

半次郎は、厳しい表情となった。

「そうかい。そんな噂が届いちまったかい……。ふふふ、付いてねえや……。まったく付いてねえ……」

人に死んだと思われても仕方がないような状況に陥ったのは確かであった。

おさいを守るために戦い、崖から落ちたのだが、それを死んだと思って、言い触らした者がいたのであろう。

二人が別れ別れになるまでのことは互いにわかっている。もはやここで話すまでもなかった。

「おれは大怪我をして、人に助けられて、また旅に出てお前の姿を捜したが、これまで見つけられなかった……。おれがのろまだったんだ……」

「いいえ、噂を信じたあたしが馬鹿だったんですよう」

二年の間現れなかったら、自分のことは忘れてくれと言った半次郎であったが、おさいは四年待った。

そして五年目に、風の便りに半次郎は死んだと耳にした。

それでも信じられずに、さらに一年待った。その時は、江戸に出て雑司《ぞうし》ヶ谷《がや》の一膳飯屋で働いていた。

一膳飯屋の老爺《ろうや》とは、江戸へ向かう道中で知り合った。

老爺が雨に遭い、熱を出して苦しんでいるところを助けたのを、いたく喜んで、

「江戸に落ち着く先がないなら、わたしの家へ来てくれたら好い。一人で一膳飯屋をしているのだがね、年寄りには辛くなってきて、誰か手伝ってくれる人はいないかと、考えていたところなのさ」

と、言ってくれた。

自分はあれこれ訳がある身なので、迷惑がかかるかもしれないと告げたが、

「そんならますます放っておけないよ……」

おさいは命の恩人である。老い先短い身の上であるから、自分に恐れるものは何もない。

これでも若い頃は喧嘩自慢で、今も処《ところ》の勇み肌が、

「父《とっ》つぁん……」

と言って慕ってくれている。親類の娘に手伝いに来てもらったと言えば、何かの折には皆でおさいを守ってくれるはずだと老爺は勧めてくれたのだ。

おさいは、ありがたくそれを受けて、雑司ヶ谷の一膳飯屋で働くことにしたのだが、気性もさっぱりとしていて働き者のおさいを、老爺はますます気に入り、娘のようにかわいがってくれた。

老爺が言った通り、彼は処の勇み肌からも慕われていて、おさいは安心して暮らすことが出来たのだ。

そうするうちに、出仕事で店に通うようになった利兵衛と知り合い、やがて求婚された。

既に処の勇み肌達からも女房に望まれていたが、自分を想い、

「まっとうに暮らしてくんな」

と、言い置いた半次郎が忘れられず、そんな誘いはさらりとかわしていた。

老爺もまた、

「おさいは、まっとうな仕事をしている者にしか渡さねえよ」

と、守ってくれた。

そのような折に、真面目で腕の好い左官職から妻に望まれたのだ。

おさいの心は揺れた。

「あの利兵衛さんなら、一緒になっても好いのではないかい。前を向いて生きねえとな……」

おさいの過去には色々と訳があるのだろうと察しつつ、老爺はそっと勧めてくれた。

とはいえ、身寄りもなく男と逃げてきて、その男とも逸《はぐ》れてしまった身である。

「あたしなんかを嫁に望んじゃあいけませんよう」

と拒んだのだが、利兵衛はというと、

「お前の昔なんかはどうだって好いのさ。訊ねる気もないし、どうか言わねえでくれ。おれは今のお前に惚れちまったのさ」

出仕事が終って目黒へ戻ってからも、遠い雑司ヶ谷に足繁く通ってきて、おさいを口説いたのである。

この間に、半次郎が死んだと噂に聞き、一膳飯屋の老爺が亡くなった。

「それであたしは、利兵衛さんの許へ……」

嫁ぐことになったのだと、おさいは打ち明けた。

半次郎は、ふっと笑った。

「お前は何も間違っちゃあいねえよ。随分と苦労をかけちまったなあ」

「あたしは、どうすれば好いんだい……」

「どうするもこうするもあるもんかい。話を聞けば、つくづくと、おれとお前には縁がなかったってことさ」

「縁がない？　こうして長屋の向かい同士になったんだよ。縁がなかったとはいえないよ」

「ははは、確かにそうだ。皮肉なもんだなあ。だが、利兵衛さんは好い男だ。今の幸せを壊しちゃあいけねえ」

「半さんの顔を見た途端に幸せとは思えなくなっちまったよ」

「馬鹿を言うな……」

「これから先、毎日のように同じ長屋で顔を突き合わせて、他人の顔をするのは辛すぎるよ」

「そいつはおれも同じだよ」

「半さん、お前、あの長屋を出るつもりかい」

「お前達夫婦が出て行くか、それともおれが出て行くか……。と言っても、互いに大家さんへの義理もある。しばらくは知らぬ顔をしながら、ご近所付合いをして、今の暮らしを送るしかあるめえ」

「半さん……」

「互いに達者でいると知れただけでもよかったってものさ。おれは、お前が幸せでいてくれたらそれで好い」

「こうして半さんと出会ったんだ。今まで通りには暮らせないよ」

「暮らすんだよ。お前は左官職人の女房。おれはその斜め向かいに住む楊枝職人。

昨日からそうなったんだ。時が経てば、以前のことなど夢を見ていたような心地になるさ」

「そんな……」

「何もかも、お天道さまのお導きだ。好いかおさい……。いや、おさいさん、くれぐれも利兵衛さんに以前のことを話すんじゃあないぞ。あの人に辛い想いをさせちゃあならねえ。わかったな」

おさいは目に涙を浮かべながら、ゆっくりと頷いた。

「草餅、うまかったよ……」

半次郎は、おさいに頰笑むと、稲荷社から走り去った。

半次郎は、七年前におさいと別れてからいかに暮らしてきたか、詳しく話さなかった。

話したとて、おさいをこれまでに見つけられなかった言い訳になるだけだと思ったし、話せば話すほど未練が募ると思ったからだ。

わりない仲となり、やがて別れていった女は、これまでにもいた。

その女が亭主と子供と一緒にいるところに出くわしたこともあった。

かといって、悲しくなったり、口惜《くや》しい想いなどしなかったではないか――。

時が経てば、以前惚れ合っていた感情も薄れて忘れるはずだ。

自分が目黒から出て行けばよい。

しかし、この目黒でおさいを捜しつつ、新たな暮らしを送ろうと考えていたのだ。

それを捨て去ってしまってよいものか。

同じ長屋にいるから気まずいのであって、そのうちに大家の弁十郎には何か理由をつけて、住まいを他所に移せばよいのだ。

自分はほとんど一間に籠って楊枝作りに励む身である。

近くに住んでいたとて、顔を合わすことも滅多にあるまい。

仕事が落ち着いたら女房をもらおう。やがて子供が出来たら、おさいとのこともすっかり過去の遠い思い出となるだろう。

半次郎の心は千々に乱れ、今日もまたすぐに長屋へは戻れなかった。

威得寺門前の、お仲の楊枝屋へ顔を出しておこう。

ふさ楊枝はもう少し待ってもらいたいと断って、平楊枝は明日の朝に届けると報せるのだ。

それから、目黒を方々巡ってみよう。まだここへは来たばかりではないか。あまり人前に出たくない身ではあるが、もうほとぼりも冷めたはずだ。

半次郎は、千々に乱れる心の内を、目黒での新しい暮らしへの意気込みでごまかそうとした。

楊枝屋へ行き、方々の名所を巡り、日暮れて向かった先は、行人坂上の居酒屋であった。

この日も長屋へは夜になってから戻った。

五

それから十日が過ぎた。

半次郎は、ひたすら楊枝作りに励み、家で焼きおにぎりを食べる他は、すべておて夏の居酒屋で食事をすませた。

口入屋の龍五郎、政吉達常連客とは、すっかり馴染となり、軽口を交わすくらいになっていた。

左官職の利兵衛は、幸いこの店の常連ではなかった。

彼の親方は、何かというと自分の家に職人達を呼んで一杯やるので、利兵衛は馴染の酒場を拵える暇がないらしい。

そのような折には、おさいも台所仕事を手伝いに親方の家へ行くというから、半次郎にとってお夏の店は真に居心地がよかった。

目立たぬよう、はしゃぎ過ぎぬように日々を暮らそうと心に誓った半次郎である。

ここに来れば寂しさは紛れるし、自分からあれこれ喋《しゃべ》らずとも、ほどよい付合いを客達と保っていられる。

そうして弁十郎長屋には夜がふけてから帰る日々が続いた。

おさいと二人で話して以来、彼女と長屋で顔を合わせることはほとんどなかった。

頻繁に長屋を出入りするわけでもないし、外出をする時は、路地や井戸端に女房達がいるかどうかを確かめてからにしていた。
二、三度、木戸ですれ違ったこともあったが、いつも急いでいるふりをして、
「こいつはどうも……」

と、軽く言葉をかけるのみに止《とど》めていた。

それでも、

「お出かけですか?」

などと返されると、胸が痛くなる。

とどのつまり、長屋へは木戸が閉まる寸前に帰ることになる。

しかし一人でやって来て、長々と酒を飲む半次郎は、心とは裏腹にかえって目立ってしまう。

お夏の目が光っているので、客達は余計な詮索はしないが、清次は半次郎と一緒にいる時が長くなる分、彼の行動が気になった。

そもそも、お夏と清次は半次郎を一目見た時から、彼が何か大きな屈託を抱えていて、この目黒でやり直さんとしていることに気付いていた。

江戸府内でも端に位置しているこの地には、半次郎のような者がひっきりなしにやって来る。

お夏と清次は、出来るものなら半次郎には長くここに居着いてもらいたいと思い続けてきた。

半次郎は、二人と同じ匂いがする。いれば心強い仲間になるかもしれない。

もちろん清次は、己が想いを半次郎に伝えることなどしない。

酒肴を調えて、半次郎に供するだけの接し方を続けた。

それでも辛い浮世を生きてきた半次郎には、清次が言外に自分を気遣ってくれている様子が見えてくる。

日頃はぶっきらぼうであるが、清次の向こう側で、お夏が見守ってくれることに安堵をも覚えていたのだ。

お夏と清次が目黒へ来てからもう随分と経つが、その間に二人が身に付けた人間の深みと侠気は、ますます荒くれ達の心を引きつけるようになっていた。

これまでも、この地へ流れてきた者達が、胸に秘めていた屈託を、二人に余すことなく吐き出していた。

お夏の亡父・相模屋長右衛門《さがみやちようえもん》は男伊達の人で、人助けに生きた。

その薫陶を受け、長右衛門の遺志を受け継ぐ二人は、悩める者達にそっと手を差し伸べてきたわけだが、半次郎もお夏と清次にだけは、

――おさいとのことを、洗いざらい聞いてもらえたら、どれだけ気が晴れるだろ

う。

日々、そんな気分になっていた。

お夏と清次には、半次郎の心の動きが読めていた。

だが、二人で半次郎をどうしてやろうかなどと、わざわざ話し合ったりはしない。

どこまでも時の流れに任せていた。

それでも、言葉に出さぬものの、半次郎の口から過去を聞かされた時は、彼の身に、

――何かが起こった時だ。

と、気持ちを引き締めていた。

そして半次郎も、話してしまえば楽になるだろうが、その時自分はこの町を出て行かねばならないだろうと思うと気が引けた。

目黒へ越して来てみれば、同じ長屋に昔の女が住んでいた――。

ここに至るまでの込み入った理由を抜きにすると、つまりはそういうことだが、下手に話して、どこかから話が漏れてしまえば、おさいだけではなく、利兵衛にまで迷惑がかかる。

お夏と清次は、おもしろがって打ち明け話を他言したりすまいが、考えてみれば、半次郎は独り者であるから好いが、おさいは亭主と暮らしつつ、秘事を隠し通さねばならない。

それは、さぞ辛いことであろう。

――苦しくとも、くよくよするんじゃあねえや。

話すことで清次との友情を育めるのではないかと考えた自分を恥じて、半次郎は余計なことは言わず、この店の心地よさに浸りながら、ゆったりと酒を飲む日々を送った。

ところが、半次郎が居酒屋で己が気を鎮め、これから先の目黒での暮らしに想いを馳せている間に、過去のしがらみが彼の身に仇《あだ》となって降りかかってきた。

太鼓橋西詰の弁十郎長屋の一間に籠って楊枝を拵える他は、威得寺門前のお仲の楊枝屋へ品物を届けるか、行人坂上のお夏の居酒屋へ行くだけの日々を送った半次郎であった。

とにかくこうしているうちに時が経ち、向かいにおさいがいる暮らしにも慣れるであろうと思い決め、さらに十日を過ごしたのだが、ある日の昼下がり。

威得寺門前へ向かう道中、半次郎は見覚えのある男を見かけることになる。

――まさか。

もしそうだとすれば、そ奴は二度と会いたくない男であった。

半次郎は咄嗟に、武家屋敷の塀の陰に身を潜めて、まず男を見定めようとした。

男は、半次郎に見張られているとは気付いていないようで、辺りを見廻すと、人目を忍ぶようにして、目黒不動とは反対の方へと田圃道《たんぼみち》を足早に去っていった。

――人違いかもしれない。だが、あいつは浪蔵《なみぞう》に似ている。他人の空似とは思えない。

その日は胸騒ぎを覚えながらも、一旦、長屋に引きあげた。

ところが翌日家を出ると、太鼓橋の向こうに去っていく浪蔵らしき男を再び見かけた。

この日は、若い男を一人連れている。

半次郎はまた物陰に潜んでやり過ごしたが、

――よし。

彼は様子を窺《うかが》うと、浪蔵らしき男のあとをそっと追ったのである。

六

半次郎が、自分から己が過去の話をしてきたとすれば、それは彼の身に、

——何かが起こった時だ。

と、清次は見ていた。

それゆえ、そろそろ店を仕舞おうかという時分になって、ふらりとやって来た半次郎の姿を見た時、

——いよいよその日がきたようだ。

という目をお夏に向けながら、

「半さん、今日は随分遅いじゃないか。そろそろ閉めようと思っていたんだが、まあ、ゆっくりしておくんなせえ」

客がいなくなった店に半次郎を迎えて、縄暖簾を取り入れた。

何か話があるようだから聞こうじゃないか。

清次が暗にそう言ってくれているのが、半次郎には痛いほどわかった。

「清さん、すまない……。女将さん、迷惑をかけちまうねえ」

半次郎は、目黒へ来て一月《ひとつき》足らず。

大家の弁十郎に勧められてこの居酒屋に通い続けたのは正しかったとつくづく思われた。

女将のお夏は、この辺りでは毒舌の〝くそ婆《ばば》ァ〟で通っていて、誰からも一目置かれている。

料理人の清次は、口うるさいお夏に黙って寄り添い、客との間をうまく取りもっている。

居酒屋の常連達は、お夏と清次の調和によって、ここでの一時《ひととき》を、ほのぼのとした夢を見ているように過ごすことが出来るのだ。

他に行き場がなくても、この店にいれば、生きていることも悪くないと思えてくる。

「一度、二人とゆっくり話してみたかったんだよ。新参者だと控えていたが、これが名残になるかもしれないのでねえ」

半次郎は、板場近くの床几《しょうぎ》に腰をかけ、にこやかに二人を見た。

「これが名残とは、穏やかじゃあないねえ」

お夏は好物の〝国分《こくぶ》〟を煙管の火皿に詰めると、美味そうにくゆらし始めた。

この一服の間合が絶妙である。

ほんのりと白い煙が漂う中で、清次がぬるめの燗《かん》がついたちろりの酒を運ぶ。半次郎の思い詰めた表情が幾分和んだ。

「清さんは無口だし、あたしはまるで愛想がないが、名残と言わずに、あれこれ話しておくんなさいな」

「ありがてえ。誰かに話したくてうずうずしていたんだが、話す相手を違《たが》えたくなかった……」

「さあ、そいつはどうかわからないよ」

お夏が小さく笑う傍らで、清次がゆったりと頷いた。

「まず聞いてもらいたいのは、以前のあっしのことだ……」

半次郎は相州藤沢宿に生まれた。

博奕《ばくち》打ちの子に生まれ、十五で父親と死別すると、父親の兄貴分であった文五郎《ぶんごろう》という処の親分の身内になった。

やがて文五郎一家にあって、半次郎は腕っ節の強さと押し出しのよさで売り出し、好い顔となった。

「惚れた女もおりました……。近所の八百屋の娘で、おさいといいまして、おっとりとした利口な女でねえ……」

博奕打ちの倅《せがれ》で、自らもやくざな道に足を踏み入れた半次郎は、子供の頃からおさいに心惹かれていたものの、相手は堅気。近寄ることは出来なかった。

せいぜいが、にこやかに会釈を交わすくらいだが、おさいが近くの悪童に苛《いじ》められるようなことがあれば、その時は守ってやって彼女への好意を示した。

しかし、おさいは母親を亡くした後、父親も病に倒れ、八百屋が立ち行かなくなり、街道宿の料理屋で酌取り女として働き始めた。

ここに至っては、自分が構ってもよかろうと、半次郎は、おさいを贔屓にして、やがて二人は恋に落ちた。

そのうちにおさいの父親も亡くなり、そろそろ周りの者達に話を通し、おさいを女房にしようと考え始めていた頃。

親分の文五郎が亡くなり、その息子が二代目・文五郎となった。

二代目は、先代が半次郎を引き廻していたのが気に入らなかったのか、跡を継いだ途端に、半次郎に辛く当り始めた。

半次郎は、それも渡世の義理だと堪えていたのであるが、二代目は以前からそうだったのか、おさいに懸想し始めた。

それでも、身内の者の情婦であるとはわかっているはずで、

「まさか手を出しはしまい」

と思っていたのだが、二代目は、以前おさいが父親のためにと借りた金を、強引に立替え払いをした上で、おさいを囲い者にしようとした。

金貸しには半次郎がまとまった金を用意して払い、後は一年の間、おさいが月一分を払うことで話がついていた。

それを知った二代目は、

「おれが残りの金を払ってやるぜ」

と、金貸しに力尽くで迫り、証文を取り上げた上で、

「おさい、今日からお前はおれのものになったんだぜ」

無理矢理おさいの身柄を押さえてしまったのだ。

「親分、そいつはあんまりだ。おれがおさいを女房にしようとしていたことは、知っていたはずだぜ」

半次郎は、文五郎に苦情を言い立てた。

しかし文五郎は、

「何を言やがる。酌取り女を落籍しただけで、お前に文句を言われる筋合はねえや」

取り合うどころか、

「手前《てめえ》は、分をわきまえやがれ！」

と、詰《なじ》った。

或《ある》いは、おさいを掠《かす》めることで、半次郎に揺さぶりをかけてやろうと考えたのかもしれない。

半次郎は、先代の恩を思って、これまで辛抱してきたが、二代目のやり方は阿漕《あこぎ》で凶暴であった。

町の者を泣かせ、先代の弟分を、目障りだと言って、密かに殺害してしまうなど、半次郎は二代目にほとほと嫌気がさしていた。

辛抱してきた分、半次郎の怒りは増していた。

「半さん……。このままじゃあ、親分はお前を殺しかねない。あたしに構わず逃げておくれ」

文五郎が金貸しを脅して、自分の借金を無理矢理肩代わりしたと聞いた時、おさいは半次郎の身を案じてそう言った。

初めて酌取り女として料理屋へ出た日。

半次郎は自分を借り切って、

「心配するな。お前が嫌な想いをしなくていいように、おれが目を光らせているからよう」

と、励ましてくれた。

子供の頃から、おさいも半次郎に心惹かれてきた。

それなのに半次郎が、いつも自分を避けるようにしてきたのは、やくざな身を恥じてのことだったのだ。

——この人は、いつだってあたしのことを見ていてくれたのだ。

と、おさいはそこで半次郎の想いをつくづく思い知らされたのである。

おさいは半次郎に惚れ抜いた。

酌婦の身となってよかったと、心底思った。

それからは末を誓った仲となった。半次郎には無事でいて欲しかった。

「おさい、案ずるな。おれはあんな人でなしに好いようにはされねえよ。お前を連れて逃げてやる」

半次郎はそっと耳打ちをして、表向きには、

「親分が望むなら、おれは手を引くしかねえや……」

そのように嘆きつつ、飲んだくれた。

「けッ、半次郎の奴も所詮は三下よ。まあ、おれに楯突くことなどできるはずもねえか。好い気味だ」

文五郎は、半次郎を嘲笑《あざわら》ったが、これは半次郎の策略であった。周りの者達を油断させておいて、おさいが文五郎が用意した借家に移る際、その道中を襲い、おさいを連れて行こうとする乾分達を蹴散らし、

「ははは、間抜け野郎めが。おさいはおれがもらっていくぜ」

残っていた三両ばかりの借金をその場にぶちまけ、そのまま二人で駆け落ちした

のだ。

だが、面目を潰された文五郎も黙ってはいなかった。

半次郎が馬鹿にしていたほど、文五郎は愚鈍な男ではなかった。

悪党には悪党なりの智恵も力もある。

半次郎が、そのうちに反旗を翻すかもしれないと、文五郎は予《かね》てから読んでいた。

半次郎が江戸に伝手《つて》を求めて逃げるのは想定のうちで、迷わず追手をかけたのであった。

半次郎は戸塚の宿を過ぎたところで、追手の襲撃を受けた。しかし彼も負けてはいなかった。相手三人に手傷を負わせ、

「とにかく逃げてくれ……」

おさいを先へ行かせた。

「ふん、半次郎、手前《てめえ》まんまと尻尾を出しやがったな。親分はおさいなんぞはどうでも好いと思っていなさるんだよう」

嘲笑うように言ったのは、文五郎の右腕の浪蔵であった。彼は新手を連れていた。

浪蔵もまた半次郎を、先代に取り入る目障りな奴と敵愾心《てきがいしん》を抱いていた。

二代目に替わり、その想いが噴出したらしい。

今度は自分が当代に取り入り、文五郎一家での揺るぎない地位を築かんと、おさいを半次郎から奪うよう進言したのだ。

半次郎は怒りに任せ、おさいを連れて逃げるはずだ。その道中を狙い、半次郎を殺してしまおうと策を練ったのだ。

浪蔵はそっと半次郎の動向を探り、そして半次郎は連中の罠にまんまと落ちた。

半次郎は、おさいを咄嗟に逃がして、道中差《どうちゅうざし》で立ち向かったものの、多勢に無勢となり、文五郎の誘いに乗ってしまった己が短慮を恨んだ。

奮戦空しく敵の刃を体に受けて、彼は峠の崖を転がり落ちたのである。

七

気が付くと、半次郎は百姓家にいた。

そこは、梅野誠四郎《うめのせいしろう》という浪人が借り受けている住まいであった。

「酷《ひど》い怪我だ。まずゆっくりとして治すがよいぞ」

誠四郎は、にこやかに言った。

「旦那は……」

「あの折は世話になったのう」

地獄に仏とはこのことであった。

誠四郎は一年ほど前に藤沢宿へ立ち寄ったことがあった。

この時彼は、町で見かけた半次郎を捉まえ、

「おぬしは、この辺りの顔役だな。おぬしを男と見込んで頼みたいことがある」

と、声をかけた。

「お武家様、顔役などとはおからかいを……」

半次郎は失笑したが、

「だが男と見込まれては、お話を聞かねばなりますまい」

事情を聞いた。

すると、誠四郎は、廻国修行に出たものの、路銀に窮し難渋をしている。ついては用心棒の口などないか、あれば口を利いてもらいたい、と言う。

半次郎は、誠四郎の人となりを見て、

「旦那ほどのお人が、やくざ者の用心棒などになることもございませんや。と言っても背に腹はかえられねえ……。ここに一両ばかりありますから、これを差し上げましょう。いや、施しは受けぬと怒らねえでくだせえ。汗水流して手にした金でもございません。またこの辺りをお通りになられた時、あっしが困ったことになっておりやしたら、その時はどうぞ助けてやっておくんなさい。あっしのような無職《ぶしょく》は、いつどんな目に遭うかしれませんのでね。この金はその時の前払いということで……」

半次郎はそのように宥めて、己が名を告げた。

「忝《かたじけな》い……。某《それがし》は梅野誠四郎という者だ。今は役に立たずとも、いつかきっと身を立ててそなたに会いに来よう」

誠四郎は、やくざ者のために剣を揮うなどもったいないと言う半次郎に、深く感じ入り、そのように約して立ち去った。

あの時の浪人が梅野誠四郎であった。

あれから戸塚の宿にさしかかったところで、旅の破落戸《ならずもの》に絡まれている百姓を助けたことで縁が繋がり、この百姓家を借り受け、近在の若い者達に剣術を教えるようになったのだという。

　金にはならないが、百姓達があれこれ野菜など差し入れてくれるので、食べるに困らず、自分の剣を今一度見直してみようと思っている。そのきっかけを与えてくれた半次郎には感謝していて、そのうちに会いに行こうと様子を窺っていたが、

「思わぬところで助けることができた。これほどの喜びはない」

と告げて、大怪我を負った半次郎を匿《かくま》い、傷養生をさせてくれた上に、

「もしも、行くところがなかったら、ここを訪ねてみるがよい」

教えてくれたのが楊枝職人の住まいであった。

やがて傷が癒えた半次郎は、誠四郎と再会を約し、江戸へ急いだ。

そしてかつて父親の弟分であった男が開いているという品川の水茶屋をまず訪ねたが、その弟分は、半年ほど前に死んでしまって、水茶屋は人手に渡っていた。

　半次郎は絶望した。

　ここでおさいと落ち合うつもりが、まったく別れ別れになってしまったのだ。

　それからは、懸命におさいの行方を求めつつ、梅野誠四郎に聞いた楊枝職人の許を訪ねて職人の技を磨いた。

半次郎が深傷《ふかで》を負い転がり落ちたところには川が流れていて、文五郎一家の連中は、あの時、半次郎は川へ落ちて死んでしまったに違いないと思っているのかもしれない。

そうであれば、この上追手がかかることもあるまいが、どこで誰に姿を見られているかしれたものではないのだ。

名を変えてまで生き延びるつもりはなかった。

こちらからは、恨みを晴らすつもりはない。しかし、もしも向こうが来るなら相手になってやる。

その覚悟だけは決めていたが、あっという間に七年が経ってしまった。

おさいには別れ際に、二年経っても自分が現れなかったら、きっぱりと忘れて、まっとうに暮らしてくれと言っていた。

半次郎は死んだという噂を耳にしたかもしれない。

「捜したとて詮ないと思っていたが、おさいのことを思い出さない日はなかった……」

掻き口説く半次郎に、

「そのおさいさんが見つかったのかい？」

お夏が問うた。

「へい。越した長屋の向かいに、左官の女房となって暮らしておりやしたよ……」

「そうかい……」

お夏は清次と顔を見合って嘆息した。

「そいつは辛いねえ」

「ええ……」

半次郎は、再会してからのおさいとのやり取りを余さず語った。そして出来るだけ顔を合わさぬようにしてきた。自分も目黒で新たな暮らしを送ろう、そのうちに弁十郎の長屋を出て新居を構え時も経てば、二人の過去も薄まり、やがて遠い日の思い出になるはずだ。

「そう考えていたんだがねえ。やはりおれは、ここを出た方が好いみてえだ……。ははは、こんな話を聞かされても、ただ面倒なだけなのはわかっちゃあいるし、左官屋の夫婦はここの馴染でもないときている。おれがいなくなったら、少しばかり気を付けてやってもらいたい……、なんて言えた義理じゃあねえが、おさいのことが気がかりでねえ」

半次郎は思いの丈を吐き出すと、

「聞いてもらってすっきりとしたよ。ありがとうよ……」

残った酒を飲み干して立ち上がった。

「ここから出て行く他に、道はないのかい？」

「女将さん……、渡世の道へ一旦足を踏み入れると、なかなかねえ」

「あっしらは何も言えねえが、女将さんと二人、おさいさんのことは気を付けておきますよ」

黙って話を聞いていた清次が、低い声で言った。

「ありがてえ……。さて、次に行く処に、こんな好い店があるのかねえ……。ねえだろうなあ」

半次郎は、溜息をつくと、銭を置いて、店を出て行った。

お夏は黙って見送った後、

「清さん……、堪らない話だねえ……」

「へい。また会えたのがよかったのかどうか……」

「よりによって、長屋のお向かいさんか……」

「そんなことってあるんですねえ」

清次は、お夏と言葉を交わすと、彼もまたそそくさと店を出た。

確かめることなどなかった。

半次郎の打ち明け話を聞いた清次には、自分がどんな動きをすればよいか、わかりきっていたのである。

八

居酒屋を出た半次郎は、行人坂を下ると太鼓橋を渡ってそのまま南方へ続く道を進んだ。

そこからは目黒不動へは行かず、大鳥大明神社の方へと向かった。

手拭いで頬被りをして、草履の鼻緒には細紐を引っかけ、足首で結んだ。

いざという時に脱げない工夫だが、彼は注意深く辺りを見廻すと、一軒の仕舞屋《しもたや》へ夜陰に紛れて近寄った。

仕舞屋は百姓家に手を入れたような造作で、空き家になっていたのを誰かが借り受けている様子である。

半次郎は、高く伸びた下草に身を潜め、難なく壁に取り付いた。

家に窓は少なく、小さな格子窓へ忍び寄るのは容易《たやす》かった。

この家に、文五郎の乾分・浪蔵が身を寄せていると、半次郎は突き止めていた。

浪蔵の姿を認めた時は、まさかと思ったが、相手に気取られぬよう、そっとあとを付けて、浪蔵がここに入るのを確かめたのだ。

こ奴が目黒にいる理由はただひとつ。半次郎が生きていて、今はこの辺りにいるという噂を耳にして、真偽を確かめに来たとしか考えられない。

それならば、相手がどこまで知っているのかをこちらも確かめておく必要がある。

自分だけなら、目黒から姿を消してしまえばよいが、この町にはおさいがいて、新たな暮らしを送っている。

文五郎も、今さらおさいをどうこうするつもりはなかろうが、何を仕掛けてくるかしれたものではない。

奴らの出方によっては、

——こっちから仕掛けてやる。

と、思い定めていた。

家にはぼんやりと明かりが灯っている。

半次郎は窓に顔を近付けて、中の話し声に耳を傾けた。

「まったくよう、江戸へ来たってえのに、こんなけちな仕舞屋で、お前と差し向かいとは付いてねえや」

浪蔵が、弟分相手に嘆く声が聞こえてきた。

七年前と変わっていない。文五郎に取り入る他は、人を小馬鹿にしたような皮肉な物言いをする。

手傷を負わされ、崖から転げ落ちた時の、浪蔵の憎々しげな声が蘇った。

「だがよう、半次郎の野郎は生きていて、どうやらこの辺りに住んでいるらしい。明日一日調べて、明後日の朝一番に、お前はひとまず親分にこのことを報《しら》せに藤沢へ発つが好い」

「へい。承知いたしました……」

無駄口を叩く浪蔵は、そのうちにこんなやり取りを弟分とした。

半次郎の目が、闇の中でぎらりと光った。

——やるなら明日の夜だな。

注意深く辺りを窺うと、半次郎はそっと家から離れ、長屋へ戻った。

そうして翌朝。大家夫婦を訪ねると、

「大家さん、面目次第もございませんが、今夜、ここを引き払いたいと思っております」

と、頭を下げた。

弁十郎も女房のお吉も、初めから半次郎が訳有りであるのはわかっていた。

半次郎を救ってくれた剣客・梅野誠四郎が紹介してくれた楊枝職人は、以前この長屋の住人であった。

その楊枝職人が先頃亡くなり、半次郎と葬儀で顔を合わせた弁十郎が彼を気に入って、この長屋へ迎えたのだが、

「あっしがお邪魔をすれば、色々と迷惑をかけちまうかもしれません」

その時に、半次郎からはこう告げられていたのだ。

それゆえ、弁十郎とお吉はさして驚きはしなかったが、

「半次郎さんの身が案じられるねえ」

と、心配した。

「あっしなら大事ございません。ちょいとばかり嫌な野郎を見かけましたのでね。念のためにここを離れた方が好いと思ったのでございます」

「その嫌な野郎は、目黒に住んでいるのですか？」

「いえ、そいつはよくわかりませんが、どうやらここからほど近いところにいるような気がしましてね。あっしは揉めるつもりはありませんが、ろくな野郎じゃあねえんで、絡んでくるに違《ちげ》えねえ……。そうなると厄介でございますから」

「触らぬ神に祟りなし、ですか」

「争いごとは避けとうございます」

「そうですか……」

弁十郎はそれ以上は問わなかった。

大家稼業は義俠も要るが、他の住人のためを考えねばならない。

半次郎の分別を称え、

「名残惜しいが、半次郎さんが決めたことなら仕方がありません。後のことはわたしに任せて、思うようにすればよろしい」

　お吉と頷き合ってそう告げた。

「ありがとうございます。そんならよきところでお暇《いとま》いたします」

「次に落ち着いたところで、女房をもらいなさい。わたしはお吉と一緒になって、目の前が明るくなりましたよ」

「へい。きっとそういたしますでございます……」

　半次郎は平身して、自分の部屋へ戻った。

　大家夫婦が深く訳を問わなかったのがありがたかった。

　半次郎は今宵、浪蔵が潜んでいる件の仕舞屋へそっと出向き、明日、浪蔵の連れが、藤沢へ発つ前にけりをつけてやろうと考えていた。

　浪蔵の連れは惣助《そうすけ》という文五郎一家の身内で、こ奴もまた二代目と浪蔵に取り入って無法の限りを尽くしていた。

　半次郎が七年前に立廻った時にいた相手の一人である。

　こ奴ら二人の寝込みを襲い、息の根を止めてやる――。

　その後、二つの骸《むくろ》を家の外の草叢《くさむら》に埋めてしまえば、文五郎に自分の行動を知られることもあるまい。

あの日。浪蔵達とやり合った時に揮った道中差は、今も押し入れにしまって、手入れを欠かしていなかった。

浪蔵達は、今日一日、半次郎がどこでどうしているかを探り、動向を確かなものにするつもりでいる。

夜になるまでは長屋に籠り、浪蔵達の目には、何があっても触れないようにしなくてはならなかった。

もはや、楊枝を拵える気もしない。

出来上がった品は皆、大家へ贈っていた。

じっと息を潜めていると、すぐ近くにいるおさいの姿が頭を過《よぎ》る。

表へ出て、がらりと戸を開けると、針仕事などをしているおさいの姿が、そこにあるはずだ。

一言別れを言うべきであろうか。

夜になって、浪蔵達を仕損じた時は、おさいに後難が及ぶかもしれない。

といっても、浪蔵達がこの町に逗留していて、半次郎の首を狙っていると伝えたら、おさいは動揺するだろう。

半次郎の命を案じ、何を言い出すかしれたものではない。

やはりここは何も告げずに奴らの棲家《すみか》に襲撃をかけよう。

たとえ返り討ちにあっても、奴らは半次郎を仕留めたことで満足して立ち去るであろう。

おさいを見つけたとも思えないし、わざわざ自分達の縄張りの外で、左官の女房になっている女を狙う危険は冒さぬはずだ。

迷いを断ち切らんとした時、いきなり表の戸が開いたかと思うと、

「半さん……」

おさいが土間に立っていた。

半次郎は、苦悩の表情を抑えることが出来ず、

「おさい……」

低く唸《うな》った。

「半さん……、ここから出て行くのかい？」

「どうしてそんなことを訊《き》くんだい？」

「大家さんを訪ねたお前の姿を見かけたのさ」

「大家さんを訪ねたから、おれが出て行くと……？」

「その時の顔を見ればわかるさ。あれは、何かを心に決めた時の顔付きだよ」

「今でもわかるというのかい」

「何年たとうが忘れない……」

「いや、忘れてくれ。それがお前のためだ」

「申し訳ないけど、忘れられないよ。ここでまた半さんと顔を合わせてから、ずっとお前の顔が頭の中から離れなかった」

「おれもそうだ……」

「半さん……」

「だが、思い出になるように努めているんだ。それを無にしねえでくれ」

「何だっていいよ。ここを出て行くなら、あたしを一緒に連れていっておくれ」

「そいつはならねえ」

「連れていっておくれよ。自分の心に嘘をついて暮らすのは嫌だよ」

「何ごとも縁だ。おれとお前には縁がなかった。お前と利兵衛さんには縁があった。

その縁を大切にするんだ。だが、お前のその想いは一生忘れねえ。この先別れて暮らしても、お前がここにいるとわかっていれば、それだけでおれは幸せだ。もしもお前の身に何かが起こったその時は、おれはきっとまたお前を助けに来るよ」

「半さん……。あたしは……」

縋りつくおさいを半次郎は抱き止めた。

惚れた女の香り、ふくよかな体の手応えを心に刻むと、半次郎の体に力が漲《みなぎ》った。

「おさい、そんなら忘れろとは言わねえ。思い出にしておくれ。おれとお前だけの……」

半次郎は、ゆっくりとおさいの体を離すと、

「さあ、帰るんだ」

と、言葉に力を込めた。

おさいは涙を堪えてひとつ頷くと、半次郎の家から出て行った。

九

夜を待って、半次郎はそっと長屋を出た。

その一瞬を大家夫婦も、おさいも胸の内に感じ、無言の内に別れを告げていた。

半次郎が目指す先は、もちろん町外れの仕舞屋であった。

相手は二人。何れも文五郎一家では腕っ節の強さで知られた浪蔵と惣助である。

それでも半次郎は、負ける気がしなかった。

七年前、生死の境を行き来して、おさいと引き離された恨みが、彼の心身を激しく鼓舞していた。

剣客・梅野誠四郎の許で養生している間、小太刀の術《わざ》を学んで、いざという時に備えてもいた。

相手に得物を抜く暇を与えず、道中差を抜いて斬りつければ、きっと討ち果すことが出来よう。

もう既に件の仕舞屋には何度か足を運んでいる。

草叢を潜り抜け、様子を窺うと、浪蔵と惣助の姿が窓越しに見えた。

半次郎はゆっくりと道中差を抜くと、表へ回って、がらりと戸を開けた。

「おれを捜しに来たのかい」

睨みつける半次郎に対して、徳利の酒を飲んでいた浪蔵と惣助は、思いの外に落ち着き払っていて、

「へへへ、待っていたぜ」

「まんまと引っかかりやがった」

と嘲笑った。

「何だと……」

「お前がおれ達に気付いて、そっとここを窺っていたのはお見通しだよ。そのうちにここへ乗り込んでくるだろうと待ち構えていたってわけさ。へへへ、あん時と同じだなあ」

浪蔵は勝ち誇ったように言った。

「お前は死んだと思ったが、親分は夢見が悪いと言いなさってよう」

「それで、お前が立廻りそうなところへ、人をやって調べたんだよう」

すると、半次郎の背後から声がした。

振り向くと、二代目の文五郎が立っていた。

文五郎の横には、屈強そうな用心棒が立っている。

「畜生め……」

半次郎は歯嚙みした。

明日惣助が藤沢へ発つというのは、半次郎に聞かせるための方便であったのだ。

文五郎は、尾崎《おざき》という用心棒を連れて、既に江戸へ出ていて、この近くに身を潜めていたのである。

半次郎は、家の中へ追い込まれた。

浪蔵と惣助は、長火鉢の後ろに隠してあった長脇差を手にした。

「調べてみるもんだなあ。お前が親父の兄弟分だった野郎を訪ねて、品川の水茶屋へ行ったと知れたぜ」

しかし、水茶屋は兄弟分の死と共になくなっていて、半次郎はそれから楊枝職人の門を叩いたので、

「それから先のお前の行方はなかなか知れなかったが、藤沢には江戸から上方へ上るお仲間がよく立ち寄る。そこからお前の噂を聞いたってわけよ。半次郎、隠れようたって、なかなかそうはいかねえなあ」

文五郎は嘯《うそぶ》いた。

「それで、半次郎の野郎は、どうでも手前《てめえ》で息の根を止めてやろうと、親分自らお出ましかい？」

「ああ、たまには江戸で遊ぶのも悪かねえ」

「そんな暇があるなら、ついでにおさいの行方も捜してくんな。お前のお蔭で別れ別れになっちまったぜ」

「ふん、あれから七年、今頃はすっかり婆ァになっている女に何の値打ちもねえや。お前を釣るための餌としちゃあ重宝したがよう」

「そうかい。そんなら手前で捜すとしよう」

「そいつは諦めろ。今度こそ、お前をあの世へ送ってやらあ」

文五郎達は一斉に抜刀した。

土間に二人。座敷に二人。

四人が半次郎を囲んでいた。

——おさい、達者でいておくれ。

半次郎は心で祈って身構えた。たとえ斬り刻まれても一人や二人は道連れにしてやる。

「うッ……！」

ところが、俄《にわか》に浪蔵が呻《うめ》き声をあげて、その場にどうっと倒れた。

何者かが格子窓の隙間から、手鑓《てやり》を突き入れて、浪蔵を背中から串刺しにしたのだ。

半次郎も文五郎達も呆気《あっけ》にとられたが、喧嘩慣れした半次郎はその機を逃さず座敷に飛び上がり、背後の敵の襲撃を避けた。

すると――。

仕舞屋へ、一人の女が入って来た。

頭には御高祖《おこそ》頭巾。縞《しま》の着物に身を包んだ姿は美しく、天女の化身が舞い下りたかのようだ。

「何でえ、お前は……」

文五郎は、いきなり浪蔵を殺され、妖しげな女の登場に気圧《けお》された。

「死んでもらうよ……」

女は嗄《しわが》れた声で言い放つと、後ろ手に持っていた朱鞘の短刀を抜いて、左に右に、目にも留まらぬ速さで揮い、前で立ち竦む惣助に突きをくれた。

左右の尾崎と文五郎は、女の襲撃が読めずに、胴を割られ、惣助共々信じられぬという表情を浮かべ絶命した。

半次郎は、女の凄腕に思わず見惚れてしまった。自分だけが斬られていないのが不思議であった。

「お前さんは……」

やっとのことで問いかけると、

「あんたと同じ、こいつらに恨みを持つ者さ」

女は低い声で応えた。

「そうでしたかい。いや、お蔭で命拾いいたしましたよ」

「あんたには、別れ別れになった女がいるとか？」

「聞こえておりやしたか」

「捜し出して縒《よ》りを戻すのかい？」

「いや、女のことは忘れて、ここから消えちまうつもりでござんす」

「それが好いよ。また新しい縁を見つけることだね。惚れて添えない相手もあるさ……」

女はふっと頰笑みを残すと、夜の闇に消えていった。

女の正体がお夏で、浪蔵を手鑓で突き刺した者の正体が清次であることは言うまでもない。

――新しい縁か。そうだな。そいつを見つけに行くか。

今宵も不思議な縁をもって、命を長らえた。

そもそもがやくざ渡世に生きたこの身だ。

ここまで女に惚れることが出来ただけで幸せだった。

半次郎は、滅法腕の立つ女の言葉を思い出しながら、夜の道を足早に歩いた。

その姿を、お夏と清次が人知れず見守っていた。

あの夜、半次郎が自分達に何もかも打ち明けた後、清次は半次郎の動きをそっと見張った。

話の流れから察するに、かつてのしがらみがこの町に押し寄せたのであろう――。

そんな気がした。

「清さん、また気の好い男がこの町から出て行ってしまったねえ」

「まったくで……。ここはそういう者達の溜り場なんですかねえ」

「そもそもあたし達がそうじゃあないか」

お夏と清次は笑い合った。

新たな人助けの地として目黒を選んだが、こんなに長くいることになるとは思わなかった二人であった。

「こんな暮らしが、いつまで続くんですかねえ」

「さて、縁がある限りねえ……。ひとまず、左官屋の女房が、落ち着いた暮らしが送れるよう、見ていてあげようじゃあないか」

清次は大きく頷くと、

「半さんは大丈夫ですかねえ」

「あの男なら大丈夫さ。そのうちまたどこかの町で、引っ越しそばを振舞っているよ……」

お夏は半次郎が呑み込まれていく闇の一点を見つめて、しみじみと言った。

第二話　大蒜《にんにく》

一

町医者・吉野《よしの》安頓《あんとん》が、居酒屋に持ち込んだ野菜の前に、常連客達が集まってきた。

野菜はゆり根のようだが、であるらしい。

「どうだい？　立派な大蒜だろう」

近在の百姓が届けてくれたので、清次に料理してもらえないかというのだ。

「なるほど、確かに立派な大蒜ですねえ」

長床几の上に置かれた大蒜を見て、清次はひとつ唸った。

「大蒜にはな、たっぷりと滋養が含まれているから、体を使う皆には好い薬になる」

安頓は、駕籠《かご》舁《か》きの源三《げんぞう》、助五郎《すけごろう》、車力の為吉、米搗《こめつ》きの乙次郎《おとじろう》達、力仕事の常連達を見廻した。

「そいつはよくわかるが、どんな風にして食うんです？」

「まさか生のままで食うわけにもいかねえでしょう」

源三と助五郎が、それぞれ腕組みをしてみせた。

清次は大蒜を手に取って、

「まず、擂《す》りおろして、鰹《かつお》に添えるか、鯛《たい》の天ぷらにでも添えるか……。そんなところですかねえ」

と、その球根を指さした。

「うむ、実に精がつきそうだ……」

安頓はにこやかに相槌を打ったが、

「女将には不評のようだな」

と苦笑した。お夏は板場の前の鞍かけに腰を下ろして渋面をつくり、煙管で煙草をくゆらしている。

どう見ても乗り気ではないのがわかる。

「先生、精をつけるなら、手前《てめえ》の家で食べてやってくださいまし」

「いかぬか……」

「こんな連中が一斉に食べたら、臭くて堪りませんよ」

「それもそうだな……」

「何でもかんでも、この店に持ち込まないでくださいな」

お夏は嘆息しつつ、口から白い煙を吐き出した。

清次は苦笑して、安頓に頭を下げると板場に戻った。

かつて戦国武将達は好んだというが、文政の御世にそれほど大蒜が受け容れられているわけでもない。

医者である安頓が勧める気持ちはわかるが、お夏が〝臭い〟と嫌うのも無理はないのだ。

常連達は、すごすごと己が席に戻って、夏の夕べのささやかな小宴を楽しまんとした。

「やはりな……。ひとまず置いていくゆえ。清さん、何かの折には使ってくれたらよい」

安頓は大蒜を頭陀袋《ずだぶくろ》にしまって、酒を注文した。

そこで居合わせた不動の龍五郎が、すっくと立ち上がった。

一同は興味津々で彼を見た。

ここから、いつものお夏との口喧嘩が始まると思ったのだ。

龍五郎のことだから、

「婆ァ！　せっかく先生が持ってきてくださったんだ。臭《くせ》えから嫌だとは何ごとだ。皆で食えば臭くも何ともねえや！」

などと言うであろう。するとお夏は、

「あんたも食べる気かい？　精をつけてどうしようってんだよ。その歳になって好いのでもできたかい」

とでも返すに違いない――。

ところが龍五郎は、一同の期待に反して、

「政、先に帰るよ。皆で飲んでいてくんな」

口入屋の番頭で乾分の政吉に言い置くと、安頓にひとつ頭を下げ、居酒屋から出て行った。

安頓は元より、お夏も拍子抜けして、ぽかんとした顔で龍五郎を見送った。

「親方はどうも元気がないようじゃやな」

安頓がぽつりと言った。

「心配をかけちまって、申し訳ありませんねえ……」

政吉がぺこりと頭を下げた。

口入屋の若い衆の千吉《せんきち》と長助《ちょうすけ》もこれに倣った。

「あたしは心配なんかしていないから、大丈夫ですよ」

毒を吐きつつ、お夏もこのところの龍五郎の異変に気付いていた。

「やはり、弁天の親方が死んじまったのが、相当応えたんだろうねえ」

米搗きの乙次郎が言った。

政吉は神妙に相槌を打った。

「弁天の親方とは、いがみ合っているようで、仲がよかったからねえ……」

二

〝弁天の親方〟というのは、かつて白金《しろかね》界隈で暴れ廻り、若き日の不動の龍五郎の好敵手であった、弁天の寅蔵《とらぞう》のことである。

二人は歳も同じで、いつしか張り合うようになり、

「どっちが強《つえ》えか決着をつけようじゃあねえか」

と、廃寺になっていた大圓寺《だいえんじ》で決闘に及んだ。

互いに遺恨はないが、

「あんな奴に負けて堪るか」

という子供じみた想いにかられてのことであった。

そしてぶつかり合ったものの、なかなか勝負がつかず、金毘羅《こんぴら》の熊吉《くまきち》の仲裁によって、その場は手打ちとなった。

熊吉は男伊達で通っている口入屋の親方で、女房のお結《ゆい》は〝金熊屋〟という米屋を切り盛りしていた。

やくざ者の真似ごとをしてみても立派な男にはなれない。人様の役に立つためには、まず生業《なりわい》を見つけることだ――。

熊吉に諭された二人は、心を入れ換えて、龍五郎は口入屋を手伝い、寅蔵は〝金熊屋〟を手伝うようになった。

それから二人は、張り合いながらも互いに認め合う仲となった。が、熊吉の死後、寅蔵は目黒を出て取手《とりで》の宿で船人足の束ねをするようになった。

この経緯《いきさつ》については〝乱れ酒〟の件《くだり》で既に述べた。

紆余曲折を経て、誤解と行き違いで、なかなか友情を深められなかった二人であったが、昨年の目黒での再会で、わだかまりも解けた。

寅蔵が取手になくてはならない男として暮らしていると知り、

「おれもまだまだ、老け込んでいちゃあならねえな」

以来、それが龍五郎の口癖のようになっていた。

「そのうちに取手へ行って、奴を驚かしてやろう……」

今年に入ってからは、密かに段取りをつけ、楽しそうにしていた。

ところが先日。取手から寅蔵の訃報が入った。

久しぶりの再会がちょうど一年前。

あの折は、

「やはり寅蔵は、殺しても死なねえ野郎だぜ……」

と思っただけに、衝撃は強かった。

「まさか、あの寅蔵が……」

寅蔵をよく知る〝金熊屋〟のお結も、仏具店〝真光堂〟の後家・お春《はる》も、突然の死に悲嘆した。

お結はここ数年体調が思わしくない。

龍五郎は、ひとまず政吉を残して、長助を供に取手へ向かった。

しかし、寅蔵の亡骸《なきがら》は既に埋葬された後で、宿場の者達に様子を訊ね、偲ぶしかなかった。

「八十くらいまで、長生きすると思っていたのですがねえ」

誰もがそう言って、寅蔵の死を悼んだ。

亡くなる直前まで、船人足達相手に軽口を叩いて笑っていたのが、俄に熱を出して寝込んだかと思うと、

「ぽっくりと逝ってしまわれましてねえ」

死に顔は、実に穏やかであったそうな。

龍五郎は、すぐに目黒に戻ると、お結とお春にこれを報せた。

お結もお春も、深く感じ入り、

「寅さんらしい死に方だったんだねえ」

「病に苦しまずにぽっくり逝ったのが救いですねえ」

生前の寅蔵を思い出し、それぞれ取手の方に手を合わせたものだ。

そして二人ともに、龍五郎の体を気遣い、彼の長生きを祈ったのである。

ところが、取手から帰ってきてよりこの方、

「親方はどうも、塞ぎ込んでしまいましてねえ」

と、政吉は言う。

「そりゃあ、やっとわだかまりも解けて、これからどう付合おうかって時に死なれちまったんだからねえ」

「塞ぎ込んじまうのも無理はねえよ」

「まあ、しばらくは友達の喪に服すってところだろう」

「そのうちまたいつもの親方に戻りなさるだろうよ」

常連達は口々に言ったが、政吉はどうも歯切れが悪い。

「おれも、そうであってくれたら好いと思っているんだがねえ」

「何かあったのかい?」

お夏が、口ごもる政吉に問うた。

「いや、それがねえ……」

「あんたから聞いたとは言わないよ」

客達は一様に頷いてみせた。

「ちょいとしたしくじりから、〃おれはもういけねえ〃となっちまって……」

「取手から帰ってきてからのことかい?」

他人の話はどうでもよいと、日頃から関心を示さないお夏であるが、寅蔵が目黒を出て行ってからは、龍五郎の喧嘩相手が自分であったのは心得ている。

居酒屋の常連肝煎の龍五郎が、腑抜けてしまっては、常連達も戸惑うであろう。

そこは居酒屋の主人としては、気を遣うべきだと考え、さらに政吉に問いかけた。

政吉も口入屋の番頭として、それなりの貫禄もついてきた。皆も一目置いている。

皆が訊ね辛いことは、お夏が訊く方が応え易いはずだ。

「おれが言ったとは、くれぐれも言わねえでくんなよ……」

政吉は前置きをすると、

「それがね、家で飲んでいて、親方は厠《かわや》へ立ったんだが、厠を目の前にして力尽きたんだ」

低い声で言った。

「力尽きた？」

「つまるところ、漏らしちまったってことさ」

安頓が首を傾《かし》げた。

「それは、力尽きたというより、力が余ったわけだな」

「ふふふ、先生、おもしろいねえ」

お夏は思わず笑った。

「笑いごとじゃあねえや」

「大きい方じゃあないんだろ？」

「ああ、小せえ方だ。まだ大丈夫だろうと思って辛抱していたら、厠までもたなかったわけさ」

「目測を誤ったのだな」

再び安頓が言った。

「それなりの歳になれば、そういうこともある。わたしにもよくあることだ」

「先生、まさか、着物の前が濡れているのは？」

「案ずるな女将、これは酒をこぼしたのじゃよ」

「そいつは何よりで」

安頓とお夏のやり取りに、一同は失笑した。

「だから、笑いごとじゃあねえんだよ！」

政吉が凄みを利かせて、座は沈黙した。

「それで、口入屋はすっかり塞ぎ込んじまったってわけかい」

「そうなんだよ。おれはもういけねえ……、すっかりやきが回っちまったと嘆いて、それから何かってえと考え込んでしまうようになったってわけさ」

政吉は溜息をついた。

「それはいかぬな」

安頓がしかつめらしい顔で言った。

「だが先生、時が経てば、人は嫌なことなど忘れちまうでしょう」

「親方のことだから、そのうちまた、ここで小母《おば》さんと口喧嘩を始めるさ」

源三と助五郎が口々に言って、政吉を励ましたが、安頓は表情を変えず、

「そう思えるのは、まだ皆が若いからだ。人間も五十に近付くと、ちょっとしたことがきっかけで、気うつを患うものだ。病は気からという。こういうところから一気に体が弱ることもある。それが心配だな……」

三日月のようにしゃくれた顎を、右の手の平で撫でた。

奇人であるが、名医の呼び声の高い吉野安頓が案じるのだ。

政吉、千吉、長助は元より、常連達はどうしたものかと顔をしかめたが、

「いや、親方も五十に近付こうというんだ。これでやっと年相応になったというべきじゃあないのかい」

お夏が、ゆったりとした調子で言った。

「あたしと口入屋の口喧嘩を、皆は楽しみにしているのかもしれないけどねえ、あ

たしも毎年歳を取っていくんだよ。好い加減そういうのも疲れるから勘弁してもらいたいよ。まあ、隠居するにはまだ早いかもしれないけど、遅かれ早かれそうなるんだ。政さんもしっかりしてるんだからさあ、弱らせてあげたら好いのさ」

〝弱らせてあげたら好い〟というのも妙な言い方だが、お夏の言葉には頷けるところもある。

気うつを患っているとか、あれこれ忘れて元気になってもらいたいとか、周囲が言い立てると、かえっておかしくなるのではなかろうか。

「なるほど、女将の言う通りかもしれぬな」

安頓は大きく頷いた。

一同もひとまず落ち着いたが、いつもの龍五郎がここにいれば、

「婆ァ！　おれは好きでお前と口喧嘩をしているんじゃあねえや。お前が酷《ひで》えことを言うから、皆の代わりに怒っているだけだ。〝弱らせてあげたら好い〟だと？　手前《てめえ》が弱っちまえ！」

などと嚙み付いたことだろう。

そう思うと、やけに寂しさが募るのであった。

三

翌朝。

不動の龍五郎の姿は、彼の家からほど近い目黒不動門前の米店〝金熊屋〟にあった。

昨日のお夏の居酒屋での一件は、この店に出入りしている米搗きの乙次郎によって、お結の耳に入っていた。

「そうかい。寅さんのこともあったから、あたしも案じていたのだけれど、やはり龍さんには随分と応えたようだねえ」

龍五郎は、お結の亡夫・熊吉の跡を継いで、口入屋の親方となっていた。

その恩を忘れず、彼は毎日のようにお結の機嫌を伺いに来ていたのだが、この日は、お結の方から呼び出した。

先日の取手行きの労を改めて労い、龍五郎の今の様子を自分の目で確かめておきたかったのだ。

「おかみさん、ちょうど伺おうかと思っておりました。相すみません……」

龍五郎は奥の間に入ると、深々と頭を下げた。

お結の方から声がかかったのが、真に申し訳ないとの想いを込めていた。

気うつを病んでいても、お結への敬慕は忘れていない。

この数日で、何もかも上の空になっていたらどうしようと案じていたので、お結はひとまずほっとして、

「取手の疲れが出ていないかい?」

「疲れなんてとんでもねえことでございます。道中一泊すれば、楽に行けるところですからねえ」

龍五郎は頭《かぶり》を振った。

体に異変は見られないし、口調もいつも通りだが、長い付合いのお結には、龍五郎が心の奥に屈託を抱えているのが見てとれた。

お結は、こんな時こそ明るく振舞わねばならないと、

「疲れが出ていないか案じているなら、わざわざ呼び出したりしなきゃあいいってもんだねえ」

おどけた物言いをして、からからと笑ってみせた。

龍五郎も、塞ぎ込んでいたとて、お結の気遣いはわかる。

彼もまた頰笑んで頭を搔いた。

「呼び出したのは大したことでもないんだよ。掛川《かけがわ》のお米が入ったから取手の礼に、一斗（約十五キログラム）ほど届けさせようと思ってね。それを伝えておきたかったのですよ」

「掛川の米を……。そいつはありがてえ。若《わけ》えのにたっぷり食わせてやりますよ」

遠州掛川の米は、東海では三州吉田の米などと並んで名産品となっていた。

龍五郎の顔が思わず綻んだ。

「まあ、龍さんは、行人坂上の居酒屋でご飯の用は足りているのだろうけどねえ」

お結は、思ったよりも龍五郎の様子が朗らかなので、お夏の居酒屋の話など持ち出したのだが、

「いえ、あの口うるせえ婆ァの店で、毎夜のように荒くれ共とわいわいやるのはもう疲れましたよ。これからはちょうだいした米を炊いて、ゆっくりと家で飯を食うようにしてえものですねえ」

龍五郎は殊勝な物言いをして、

「お気遣いいただきまして、ありがとうございます……」

と、頭を下げた。

「龍さんも、風邪などひかないよう、気をつけておくれよ」

お結は、それ以上引き留めることも出来ず、その場は笑顔で別れたが、

「これはやっぱり気になるねえ」

と、今までにない龍五郎の落ち着きぶりに、眉をひそめた。

そこへ、龍五郎と入れ代わりに、〝真光堂〟のお春が店へやって来た。お結に今日の龍五郎の様子を聞きに来たのだが、

「それはいけませんねえ」

話を聞くと、彼女もまた、持ち前の若々しい声で嘆いてみせた。

お春も、このところ龍五郎が、何やら黄昏《たそが》れているようで、それが気になっていた。

昔からの恩を忘れず、一日に一度はお結を訪ねてご機嫌伺いをする龍五郎であるが、ここ数日は、顔を出していないというではないか。

お結が、取手から戻って弁天の寅蔵について報告をした龍五郎に、

「龍さんも疲れたでしょう。あたしもお前さんの顔を見ると、寅さんを思い出して悲しくなるし、機嫌を伺いになど来なくったって好いから、しばらくはゆっくり休んでくださいな」

と言ったからだとは思うが、常日頃の龍五郎であれば、

「疲れてなどいませんや。おかみさんの顔を見ねえと、あっしの一日は始まりませんからねえ」

などと言って、その次の日からまた〝金熊屋〟に顔を出すはずである。

となれば龍五郎もまた、お結の顔を見ると、死んだ寅蔵が思い出されて、取り乱してしまうのではないかと思い悩んでいるのかもしれない。

それゆえお春は、

「今度は、おかみさんが龍さんの様子を見てあげないとねえ……」

その上で自分も力になりたいと、申し出ていたのだ。

お春もお節介であるが、龍五郎が目黒不動の門前で暴れ廻っていた頃を知る身となれば、あれこれ気になるのは仕方がない。

そして、お春は、お夏の居酒屋の常連の一人でもある。

あの店での龍五郎とお夏の口喧嘩を見るのは、この上もない悦びであり、二人のやり取りを聞いていると、明日への活力が湧いてくる。

それは自分だけではあるまい。

居酒屋に集う者達は皆一様に、日々の苦しい暮らしの中で、ひと筋の光明をここでの一時に見出しているのだ。

龍五郎にとっても、あの店にいると、人に頼られる自分を感じられるし、女房を亡くし、娘も嫁いだ身の寂しさを忘れられるはずだ。

ところが、お結の話によると、お夏の店で荒くれ共とわいわいやるのも疲れた、これからは家で飯を炊いて食べる、などと言っていたらしい。

これではいけない。

ますます龍五郎は、気うつをこじらせていくに違いない。

「お米を届けたりしない方がよかったのかもしれませんねえ」

お結は、龍五郎の自炊のきっかけを作ってしまったかもしれないと、ほぞをかんだ。

「いえいえ、そもそもお米が届いたくらいで、家に引っ込むような人じゃありませんからね」

お春は、お結を励ました。

「あの親方には、もう少しこの町のために、尽くしてもらいませんとねえ」

「そうですねえ……」

お結は大きく相槌を打った。

若い頃の龍五郎は、どれだけ人に迷惑をかけたことか。

その頃の借りは返してもらわないと、辻褄が合わないとお春は言う。

商人としては、しっかりと数を合わせてもらわねばならない。

「あたしも体の具合が悪いなどと言ってられませんね」

お結は、盟友のお春と、何としても龍五郎を表に引っ張り出さねばなるまいと、
互いの想いを確かめ合ったのである。

四

「親方、今日は小母さんの居酒屋で、朝粥《あさがゆ》を炊くらしいですぜ。ちょいと食べに行

きませんかい？」

不動の龍五郎が暮らす口入屋に、朝から政吉がやって来て誘った。

小母さんとはお夏のことで、居酒屋では飯を炊き過ぎた時など、朝に粥を炊いて安価で供するのが名物となっている。

粥では物足らないという者もいるが、お夏が炊く粥は重湯のように薄くなく、かといってごわごわしておらず、絶妙の塩加減ですっと喉を通る。

前夜に飲み過ぎた者や、近所の老人、病人を抱える女房などが買って帰ったり、なかなか評判がよい。

龍五郎も常連肝煎として、粥の味を確かめに行かねばならないと、その都度出向き、

「朝粥も悪くはねえな」

と、政吉に耳打ちをする――。

それが当り前になっていたのだが、

「いや、金熊屋のおかみさんから、米が届いたからよう。こいつを炊いて食うから、お前、千吉と長助を連れて食ってこい」

今朝は行かないと言う。

口入屋を兼ねた龍五郎の住まいは、表長屋の一軒で、入ったところに広い土間、上がり框があって、八畳間に続き、奥にも一間、そして二階の一間が龍五郎の寝所になっている。

土間は裏手へ続き、そこに台所が設《しつら》えてあるので、時に煮炊きをする。

政吉は近くの裏店に住み、ここで寝泊まりしているのは千吉と長助だけの男所帯で、

「婆ァの店で飯を食っている方が楽で好いや……」

日の高い間は交代で、お夏の居酒屋で飯を食べ、夜は乾分達を引き連れて行くのが日常となっていた。それなのに龍五郎は、

――相変わらず家に引っ込んでいるのが好いらしい。

政吉は、心の内で嘆いたが、さらに誘うと龍五郎の癇《かん》に障るかもしれない。

「そうですかい。そんなら、千吉、長助……、朝の仕度をしろい」

〝金熊屋〟から米が届いたのならば、まずこれを食べて、

「おかみさん、うめえ米でしたよ」

して、

と、それを報せに行かねばならないと考えているのであろう。政吉はそう思い直

「親方、あっしもよばれますよ」

と、若い二人を指図して、朝餉《あさげ》の仕度にかかろうとしたが、

「いや、好いから食べに行ってこい」

龍五郎は、飯くらい自分で炊くと言ってきかない。

政吉は下手に逆らわず、

「へい。そんならそうさせていただきやす」

ぺこりと頭を下げて、千吉と長助を先に行かせると、

「仕事の方は、何か聞いておくことはございませんか?」

口入屋の仕事のことを気にかけた。

「ははは、そうだな。政、お前も抜かりのねえ男になったたな」

龍五郎は穏やかに言った。

「今日はこれといって、すまさねえといけねえ仕事もねえや。何かあっても、おれが聞いておくから、後でよろしく頼むぜ」

「へい。承知いたしやした。ですが、やっぱり親方に飯を炊かせるわけにはいきやせんぜ。せめて、あっしが米を研いで、火にかけておきやしょう」

政吉は、龍五郎の機嫌を窺って申し出たが、

「いいってことよ。こういうことにも慣れておかねえとな」

やはり龍五郎は頭を振った。

「慣れることもありやせんぜ」

「いや、そろそろこの仕事はお前に譲って、独りでのんびりと暮らそうかと思っているのさ」

「ちょいと何ですよう、藪《やぶ》から棒に……」

政吉は当惑して、まじまじと龍五郎を見た。

「何れはそうなると、前から考えていたことだよ」

「そんな風に思ってくださっているのは、前からわかっておりやしたし、ありがたい、嬉しいと喜んでおりやす。だが、それはまだ早過ぎますよう」

「いや、そんなことはねえよ。寅蔵を見ろ。俄にぽっくりと逝きやがったから、残された者達は随分と苦労をしたようだ」

「だから、親方が達者なうちにあっしに跡目を継がそうってえんで？」

「そういうことだ」

「親方だって、先代の熊吉親方が亡くなってから跡目を継いだんでしょう」

「ああ、あの時はおれも、何が何やらわからねえで、苦労をしたもんだ」

「そうは聞いちゃあおりませんぜ。龍五郎親方は、跡を継いだその日から、つつがなく口入屋の仕事をこなしたと聞いておりやす」

「皆、好いように言ってくれているのさ」

「いや、それだけ熊吉親方の傍《そば》で仕事をこなしてきたからですよう。あっしは、今、親方に投げ出されちまったら、どうしようもありませんや」

「そんなことはねえや。お前なら明日からでも、おれに代わって、仕切っていけるさ」

「とんでもねえ……。今、あっしが仕事をこなしていけているのは、あっしの後ろに親方がいなさるからでさあ。番頭のあっしは、仕事はこなせても、海千山千の相手と渡り合うことは、まだまだできませんや」

政吉は、龍五郎が身を引くなら、自分も身を引くしかないと、強い気持ちを込めて言った。

しかし、龍五郎にその気迫が伝わったかどうか、はっきりとはしなかった。彼は声を荒らげることなく、

「お前もしっかりしてきたぜ。話に一本筋が通っていらあ」

と、誉めてみせた。

政吉は巧みにすかされたような心地がして、

「親方、とにかくあっしは……」

今は跡目を継ぐつもりは毛頭ないと、念を押そうとしたが、

「まあ、今日、明日の話じゃあねえや。早く婆ァの店へ行ってこい」

と急かされ、

「へ、へい、そんなら、行かせていただきます……」

止むなく行人坂へ向かった。

龍五郎は、決して気うつから頭がおかしくなっているわけではない。

政吉にはそれがわかるだけに、何とももどかしかった。

一人残った龍五郎はというと、金熊屋のお結からもらった米を研ごうとしたが、

別段腹が減っているわけでもなく、座敷の上で長火鉢に向かい、煙管でぷかりと煙草をくゆらせた。

――このやるせなさは、いってえ何なのだろう。

周りの者達が口を揃《そろ》えて言うように、龍五郎は確かに塞ぎ込んでいた。

何をするのも億劫になり、力が入らず、何かに取り組もうとする気が失せるのだ。

喧嘩友達であった弁天の寅蔵とは、長く仲違いをしてきたが、それも昨年和解して、

「そのうちに決着をつけてやるからな」

と、互いに笑い合った。

四十半ばを過ぎて、五十を目前にする歳となったが、そんな憎まれ口、強がりを言い合える心地よさは、龍五郎を若返らせ、

「親方と呼ばれるようになっても、おれは何も変わっちゃあいねえや」

この先も己が俠気を貫いてやるぞと気持ちを新たにした。

「寅蔵も励んでいるんだ。奴とは同い年。負けちゃあいられねえや」

寅蔵の存在は、龍五郎の心の拠り所となっていた。

それが、和解後一年で呆気なく死んでしまったのだ。

その痛手は生半《なまなか》なものではなかった。

だが、親友を失った悲しみが、龍五郎を無気力にさせたかというと、そうではない。

これまでも、人との別れを繰り返してきた龍五郎である。

人はいつか死ぬ。

自分が早いか、他人が早いかの違いがあるだけだ。

友人の死に触れた時の痛手を、いつまでも引きずっているほど、龍五郎は弱い男ではない。

「寅蔵！　手前《てめえ》は決着をつけてやると言いながら、あんまりじゃあねえか。あっちへ行くのが早過ぎらあ！」

と、先に逝った友に怒りつつ、

「そのうちおれもそっちへ行くから、そん時こそ決着をつけてやらあ！」

その想いを胸に、己が人生をまっとうしてやるという、男の心意気を持ち合わせていた。

寅蔵は、苦しむことなく、穏やかな顔で息を引き取ったと聞いた。

何を悲しむというのだ。

ところが、ぽっくりと逝った寅蔵が、次第に羨ましく思われてきた。

取手へ行くと、誰もが寅蔵の死を悲しみ、

「もう少し、ここで船人足の束ねを務めてもらいとうございました」

と、口々に言った。

「あの、寅蔵親方がねえ」

五十を目前に死んだ寅蔵は、誰からも惜しまれていた。

病に弱った姿を人にさらしたわけでもないので、寅蔵についての記憶は、どれもしっかりとして貫禄たっぷりの姿が残るであろう。

それならば、天は自分にどのような死を授けるのであろうか。

長寿を得れば、人はそれなりに敬ってくれるであろうが、目も耳も遠くなり、物覚えも悪くなって老いた龍五郎を見て、

「不動の親方も耄碌《もうろく》したもんだぜ」

「昔は威勢がよかったのによう」

「歳は取りたかあねえな」

などと言い合うのであろう。

その会話には、龍五郎に対する敬慕が含まれているかもしれないが、己が性格であれば、老いた自分を恥ずかしく思うに違いない。

「おれも昔は、不動前じゃあ喧嘩で誰にもひけをとらなかったもんだ」

時には若い者達に、そんな自慢話もしたくなるはずだが、そのうちに当時を知る者もいなくなる。

「また爺《じい》さん、あんな話をしているぜ」

「まあ、大した男であったのは確かだ」

「そうだな。そこは敬わねえといけねえや」

若い者達は、そんな風に言ってくれるだろうか。

そうであったとしても、それにどんな意味があるのだろう。

品川から高輪《たかなわ》辺りを仕切る香具師《やし》の元締・牛頭《ごず》の五郎蔵《ごろぞう》くらいの大立者になれば、生きているだけで値打ちがあるが、

――一介の口入屋のおやじなど、何ほどのものでもない。

今の自分も、口うるさい年寄りを目にすると、

「父つぁん、愛敬のねえ年寄りは、嫌がられちまうぜ」

などと言って宥めたり、諌《いさ》めたりしているわけだが、果して自分が歳を取った時に、愛敬のある、かわいい爺さんになれるかどうかはわからないのだ。

抹香臭い者達は、

「天寿をまっとうすることが、人としての何よりの務めですぞ」

と、わかったような口を利く。

しかしそれが真理ならば、生きていくのは何と空しい業であろう。

「不動の親方、お変わりねえようで何よりでございます」

表を歩けば、方々からそんな言葉をかけられる自分は、幸せな人生を歩んできたと言える。

――振り返ってみりゃあ、ありがてえが、それもここまでだ。

この先、何かを成し遂げられるわけでもない。

人間も五十近くになると、己が分を知ってしまう。

――これから先のおれは朽ちていくだけじゃあねえか。

あの世で決着をつけてやろう。

寅蔵に対して、心の内でそう呼びかけたものの、壮年で貫禄十分の時に死んだ寅蔵が、あの世でもその姿のままでいるならば、

——老いぼれてからあの世に行っては、相手にもならねえ。

考えれば考えるほど、寅蔵が羨ましくなってくる。

厠に行く間合を違え、漏らしてしまった自分は、この先ただひたすらに下り坂を転げ落ちていくだけだ。

文政の御世は天下泰平。

大変結構ではあるが、〝花は桜木　人は武士〟という言葉はあっても、今の武士達は何かというと保身に走り、金勘定ばかりしている。

そんな御時世に、恥を笑いに変えて生きたとて、何の望みがあるというのだ。

龍五郎は、寅蔵の死によって、生きることの空しさを覚え、己が未来に絶望を感じたのである。

同じくらいの年月を生きた男なら、誰もが通る道かもしれないが、はたとその切なさに気付くか、何も考えずにいられるか。大きな分かれ目にさしかかる。

——ただ、ぼうっと生きていちゃあいけねえ。

龍五郎は常々そう思ってきたゆえ、行き詰まり、あらゆる気力を失ってしまった。

そして、これではいけないと思うものの、何もする気が起こらず、今はただ、口から吐く煙草の煙を見つめるばかりであった。

五

一方、お夏の居酒屋では、一昨日に増して、龍五郎を案じる声がとびかっていた。

口数は少なくとも、朝粥は食べに来るだろうと思っていたが、政吉、千吉、長助の話によると、自分で飯を炊いて食べると言ってきかず、引っ込んでしまっているというではないか。

政吉とて、こんな話はしたくなかったのだが、俄に口入屋を自分に継がして隠居するなどと言われると、さすがに気が動顛《どうてん》してしまった。

龍五郎は、今日、明日の話ではないと言ったが、あの様子、口ぶりでは、隠居しても自分がしっかりと政吉の後ろ盾となり、しばらくの間は睨みを利かすつもりなど、ないように思われる。

そもそも睨みを利かすような、力のこもった目をしていなかった。

「政、後は頼んだぞ……」

と言うや、目黒から忽然と姿を消してしまうのではないか。そんな気がしてならなかった。

そうして、お夏の居酒屋に行ってみると、そこには〝真光堂〟の後家・お春が待ち構えていて、

「政さん、親方は来ないの？」

と、訊かれたものだから、政吉もお春にになら構うまいと、そっくり伝えたのだ。

しかし、お春に伝えると、同時に常連客達の知るところとなる。

そこから一斉に、龍五郎の異変が深刻なものになっていると話題が沸騰したのである。

「思ったよりも酷いわねえ」

お春は嘆息した。

金熊屋のお結とは、あれこれ龍五郎について話し合ったが、時が経てばやがていつもの様子に自ずと戻るのではないかと期待をしていた。

今日あたり、お夏の居酒屋に朝粥を食べに来て、あれこれ憎まれ口を叩けば気も晴れるのではなかろうか。

日が暮れてから酒など飲めば、かえって気が沈むこともある。

そこへくると、朝は気持ちも前向きになり、

「今日も一日励みなよ」

などと威勢よく、荒くれ達に声をかければ、先行きに希望が持てるはずだ。

そう思っていたが、龍五郎は家に引き籠っていて店には来ないとのこと。

「どうしたものですかねえ」

お春は、黙念として粥を啜っている、医者の吉野安頓に言った。

「気うつは大きな病のひとつじゃ。気をしっかりと持て、いつもの親方はどこへいった……、などとは言わぬ方がよい。ますます気が滅入っていくゆえにな」

客達はなるほどと頷いた。

親友の死と、厠までもたず小便を漏らしたことの衝撃が、龍五郎の心を破壊するきっかけになってしまったのだと、安頓は診立てた。

お夏はまったく耳を傾けずに、顔に玉のような汗を浮かべて、大鍋で粥を炊いて

いた。

こんな時、下手に口を出すと、

「お夏さん、何か好い手はない？」

などと言ってくるのは目に見えているのだ。

だが、安頓の診立ては、聞いていると、

――なるほど。

と思えてくる。

龍五郎は、友達の死に触れても、

「あの野郎、とうとうくたばりやがったぜ」

そんな風に笑いとばして、追悼する男であった。

厠に間に合わず小便を漏らしたとて、

「おい、歳を取るとあちこち栓がゆるんで仕方がねえな。昨日は厠の前でちびっちまったぜ！」

自嘲を笑いに変えるたくましさを持っていたはずだ。

しかし安頓曰く、

「今までは何とも思わなかったことが、気になって仕方がない……。人は老いを覚えた時、そんな風になったりするものだ。色々気になると心も体もだるくなってくる。それが気うつの病に繋がるのじゃな」

あの龍五郎がと思うから、誰もが不思議がって、これはいけないとお節介を焼くが、お夏は誰にでも起こりうる心身の変化だと、素直に思えた。

龍五郎は、目黒ではそれなりの男であり、一目置かれている。

そういう男には、必ず人に言えない孤独があるはずだ。

何か強い衝撃を受け、それが因《もと》で腑抜けてしまってもおかしくはなかろう。

しかし、お春を始め店の常連達は、畏敬の念を抱いていた龍五郎の変貌ぶりに取り乱していて、安頓の言葉の本意をよく呑み込めていないようだ。

そして安頓も、その慌てぶりをどこか楽しんでいる節があった。

「くれぐれも、そっとしておくがよい」

と念を押せばよいのに、お春のお節介を止めもせず見守っている。

あらゆる気うつの事例を、龍五郎を通じて確かめんとしているようにも見える。

そうだとすれば、

――あの顎先生も、なかなか食えないお人だよ。

となる。

考えてみれば、気うつに正しい治療法などあるまい。

発病も人それぞれだろうし、治り方もその時の状況次第だ。

治らぬままに心身を病み、衰えて死んでいったとしても、それが寿命というものだ。

「うっちゃっておきなよ」

お夏はそう言いたかったが、客達が店に集って龍五郎の心配をしていることに文句は言えない。しばし沈黙していたのだが、

「お夏さん、何か好い気うつの薬はないものですかねえ」

「そうだよ小母さん、このまま親方を見殺しにするのかい？」

お春や常連に迫られると、だんまりを決め込むわけにもいかなくなる。

「怒らせてやれば好いんだよ。あの親方は怒っている時が、一番生き生きとしているからねえ」

大鍋を杓文字《しゃもじ》でかき混ぜながら、適当なことを言ったのだが、

「なるほど、さすがはお夏さん。確かにそうね」

お春が感じ入ると、

「そうだな。うちの親方は怒りながら好いことを言いなさる。怒りを力に変えているんだな……」

政吉も神妙に頷いた。

「となったら、お夏さんが頼りね」

雲行きが怪しくなった。お夏は余計なことを言ったと顔をしかめて、

「あたしに口入屋を怒らせろというのかい」

「親方を怒らせるのは、お夏さんが誰よりも上手じゃないの」

「馬鹿言っちゃあいけないよ。あっちが勝手に嚙みついてくるだけのことさ。親方とあたしの口喧嘩がこの店の名物だなんて言う馬鹿がいるけどね。好き好んで言い合っているわけじゃあないよ」

「そこを何とか……」

「ここへ来ないんだから怒らせようもないさ」

安頓がお春の横から、

「往診という手もある」

「あたしは医者じゃあありませんよ。店おっぽり出して、わざわざ出向いてまでくそおやじを怒らせる馬鹿がどこにいるんだい！」

「そうね……」

これにはお春も納得して、

「でもやっぱり、人は怒ると元気になるようね」

お夏の怒り顔を眺めながら、つくづくと言った。

六

〝朝粥評定〟によって、お春と政吉の意見は、とにかく龍五郎をお夏の店に連れてくることだと決した。

とはいえ、その翌日も龍五郎はというと、

「金熊屋のおかみさんから届いた米があるからよう」

そう言って空ろな表情を浮かべながら、自炊を始めた。

さすがに政吉、千吉、長助達乾分は、放ってはおけずに、三人で飯の仕度をした。

「好いから、お前達は外で食ってこい」

と龍五郎は言ったが、

「乾分が黙って見ちゃあいられませんぜ」

政吉は譲らなかった。

「おれの言うことが聞けねえのかい！」

龍五郎が怒ってくれたら幸いなのだ。

しかし、龍五郎は言われるがままにして、家で飯を食べたものだ。

政吉は焦った。何とかして龍五郎をお夏の居酒屋へ連れていかねばならない。それが龍五郎の気うつを和らげるただひとつの糸口なのだ。

さもないと、ある朝ふっといなくなりそうで、不安になる。

千吉と長助も、龍五郎の動きには気をつけていたが、今のところこの家を出て、どこかに隠遁しようとする様子は見られない。

もっとも、今の龍五郎には、新居を見つけてそこへ移る気力もなかった。

日が暮れてからも、

「ちょいと一杯やりに行きませんかい？」

政吉が誘っても、

「いや、皆にはそのうち行くと伝えておいてくんな。こうやって家でのんびりするのも悪かねえや」

と言って、家から動かなかった。

幸いにして、口入屋の方は以前に龍五郎から指図を受けていた案件を、政吉がこなせばよいだけであった。

このところは、龍五郎に持ち込まれる頼みごとは、政吉が横で聞いて、片付けていた。

千吉や長助もよく動くので、龍五郎は挨拶ごとだけをしていれば用は足りていた。

――これじゃあいけねえ。

政吉は、頼りない乾分、番頭を演じて、何かというと龍五郎に、

「親方、これでよろしゅうございましたか」

「あっしには、どうもわかりませんで困っちまいます」

「ちょいとお出まし願えませんかい」

などと頼るようにした。そうすれば、

「政、お前、そんなこともわからねえのかい！」

などと怒るかもしれない――。

しかし、龍五郎はその都度、声を荒らげず、自ら出張ることもなく、淡々と指図を続けたものだ。

そういう龍五郎は、ある意味では実に口入屋の主人らしくなったわけだが、彼の威勢を間近に見てきた者としては、いつ止まってしまうか気が気でない、からくり人形を見ている心地がするのだ。

そうしてこの暮らしが三日続き、政吉達の憂いは募った。

政吉は、この間に一度お夏の居酒屋に顔を出していたが、

「親方の様子はどうだい？」

と、客達が店に来る度に訊いてくるので、彼もまた億劫になり、居酒屋から足が遠のいた。

すると、思いもかけぬ朗報がもたらされた。

お夏の居酒屋に、久しぶりに新吉《しんきち》が現れたというのだ。

新吉は、かつて目黒の鼻つまみ者であった。

二親は駆け落ち者で、落ち行くうちに新吉を儲けたものの、道中父親は死に、母親は新吉を連れて目黒に流れてきたが、苦労が祟りまだ子供の新吉を残して亡くなった。

やがて成長した新吉は、やくざ者・太鼓の利助《りすけ》一家の身内となり、その凶暴ぶりを恐れられた。

ところが、お夏の居酒屋へ通ううちに、醤油を飯に落して食べた母親との貧しい食事を思い出し、懸命に自分を育ててくれた母の恩を嚙み締めるようになる。

そして、利助から邪魔者の渡世人・白金の嘉吉《かきち》を殺すよう命じられたのだが、改心して嘉吉を逃がし、利助の乾分達に追われた。

これを天女のごとき美人に化けて密かに助けたのがお夏だった。

新吉は、天女の正体を知らぬまま、天運に謝して旅に出た。

そして、ほとぼりも冷めた頃だろうと、目黒に帰ってきたのだという。

政吉がこれを朗報だと捉えたのには理由がある。

新吉がかつて目黒で初めに世話になり、ぐれてからも一目置いていたのが龍五郎であったのだ。

目黒に流れてきた時。

まだ幼い新吉は、何とか母親に楽をさせたいと、口入屋の龍五郎を訪ねてきた。

自分に何か仕事を世話してもらいたいというのだ。

龍五郎は母子の事情を知り、新吉にあれこれと仕事を見つけてやったのだが、まだ十二歳の新吉に勤まるところは少なかった。

おまけにろくに読み書きも出来ないので、方々で馬鹿にされ苛められた。しかし新吉は利かぬ気が強く、相手が十五、六の若い衆であっても臆さず向かっていくので、仕事に就いてもすぐに戻されたのだ。

そのうちに、龍五郎が所用で旅に出ている僅《わず》かな間に母親を亡くし、新吉は姿を消した。

そして次に龍五郎が新吉を見かけた時には、新吉は肩で風を切って歩いていたのだが、龍五郎に出会うと、苦い表情を浮かべた。

親身になってくれた彼に対して、内心忸怩《じくじ》たるものがあったのだろう。

それゆえ龍五郎も、新吉に対してやり切れぬ想いを抱いていたのだが、旅に出た新吉から文がきて、足を洗って堅気になる由《よし》が知らされた。

龍五郎はこれを大いに喜び、時折は、

「新吉の野郎はどうしているかなあ。足を洗うといっても、やくざな道にどっぷり浸かった者が堅気になるのは難しいからよう。だが、あいつなら大丈夫だな」

と、周りの者達に語っていた。

そして一年ほど前に、何通目かの便りを送ってきて、まっとうに暮らしているから心配しないでくれと言ってきた。

その新吉が目黒へ戻ってきたという。

しかも、彼はお夏の居酒屋へやって来て、

「不動の親方も、どうせ来なさるんだろう」

と、待ち構えているらしい。

政吉が小躍りするのも無理はなかった。

「親方、新吉が行人坂上の居酒屋に来ていて、親方が来なさるのを待っているそうですぜ」

政吉は勇んで伝えた。

「新吉が……」

さすがに龍五郎の顔色が変わった。

「奴が戻ってきやがったか」

「親方、行かざあなりませんぜ」

「そうだな……」

龍五郎の心残りのひとつが、新吉が立派に堅気の暮らしを送ることであった。

何ごとに対してもやる気が起こらなかった龍五郎も、お夏の店で祝福をしてやらねばいられなくなった。

新吉からの文には、〝お夏さんによろしく伝えておくんなせえ〟と、いつも添えられてあった。

山犬のような新吉を、お夏だけは恐れず、馬鹿にもせず、他の客と同じように接したものだ。

新吉が龍五郎に感謝の念を持ち続けているのは、口入屋の冥利に尽きるが、そこに至るまでには、お夏の力が大きかった。

自分が行かずに、政吉を行かせて、

「家へ寄ってくんな」

などと告げるわけにはいかないではないか。

「よし、行こう」

龍五郎は重い腰をあげたのである。

七

「不動の親方！　ご無沙汰いたしておりました……」

龍五郎がお夏の居酒屋へ入ったのは、日が西へ傾き始めた時分であった。

縄暖簾を潜ると、新吉が抱きつかんばかりに龍五郎を迎えた。

「おう、帰ってきたのかい」

龍五郎は、しみじみとした口調で応えた。

店には、お春を始め常連達が揃っていて、龍五郎のおとないを喜んだ。

新吉もあれこれ聞かされていたのだろう。

「親方がいつもの調子じゃあねえと噂を聞いて、どうなっちまったのかと案じておりましたよ」

と、不安気な表情で龍五郎を見た。

物言いも物腰も、凶暴な山犬の頃からは見違えるように大人になっている。

「で、これからどうするつもりだ？」

龍五郎が問うと、

「目黒不動の参道で、休み処でも開けねえかと思っておりやすよ」

新吉は恥ずかしそうに応えた。

「そうして、目黒に落ち着こうと？」

「ここへ帰ってやり直すのが夢でございました」

「お前なら何だってできるだろうが、休み処も、うめえ物を出さねえと、なかなかやっていけねえぜ」

「そいつはよくわかっております。それで、店が決まるまで、ここで厄介になって、清さんに弟子入りさせてもらうつもりでさあ」

「清さんに、弟子入り？」

板場で清次がにっこりと笑った。

「へい。女将さんが好いと言ってくれたので……」

「そうかい。そいつは苦労をかけるねえ」

龍五郎は、新吉の親代わりの顔となり、お夏と清次に言った。

声の響きに、かつての龍五郎の勢いが戻ったような気がした。

お夏は、誰が龍五郎を心配しようが、いつもとまったく態度を変えない。

「商売仇になるかもしれない相手にあれこれ教えるなんて、まったく馬鹿な話だけどね」

清次の横から憎まれ口を利いた。

さあ、これに龍五郎がどう反応するか――。

お春は期待を胸に見ていたが、

「新吉が真人間になって戻ってきたんだ。そう言わずに面倒を見てやってくんなよ」

龍五郎は決して喧嘩腰にならず、穏やかな口調で応えると、

「久しぶりに会ったんだ。まずお前の話を聞かせてくんなよ」

龍五郎は祝いだと言って、新吉や常連達に酒を振舞うと、これまでの新吉の苦労

話を黙って聞いた。

旅に出たばかりの頃は、まっとうに生きようとしたものの、理不尽にことを進めてくる連中に出会うと、ついかっとしてこ奴らを叩き伏せてしまい、なかなか一ところに落ち着けなかった。

しかしそのうちに、新吉の一本気を気に入ってくれる人にも出会い、素直に人の意見を聞けば味方も増え、自分も堪え性のある男に変わっていけると気付いた。

それでもやくざな性分はなかなか抜けずに苦労をしたが、旅を続け新しい土地へ行く度に、まともな暮らしが出来るようになったという。

日雇いの力仕事から物売り、何でもこなしたが、利かぬ気と度胸を秘めた苦労人は、誰からも一目置かれるようになり、立場《たてば》で束ねを任されたこともあった。

しかし、いつか目黒へ帰って、お夏と龍五郎に堅気となった自分を見てもらいたい、その想いを持ち続け、六年ぶりに戻ってきたのである。

「改めて、親方、お夏さん、あん時は世話になりました……。皆様方におかれましては、この先どうかよろしくお付合いを願います」

一通り語ると、新吉は恭《うやうや》しく頭を下げた。

「ふふふ、口入屋、こう言われると、こっちは一言もないね」

お夏がニヤリと笑うと、

「ああ、お前の言う通りだ。新吉、ここにいる皆がこれからお前を助けてくれるさ。よく帰ってきたな。お前は偉《えれ》えよ」

しみじみと感じ入り、それからも新吉の話を聞いて相槌を打ち、

「新吉をよろしくな……」

と、皆に頭を下げると、一刻（約二時間）ばかりで店を出たのであった。

これには新吉も目を丸くした。

「不動の親方は、あんなお人でしたっけねえ」

「まるで人が変わっちまったのさ。それで皆が心配しているんだよ」

政吉が溜息をついた。

「まともすぎるわねえ……」

お春も首を傾げた。

お夏の憎まれ口に、穏やかに冷静に反応する龍五郎など、見たことがなかったのだ。

政吉が一同を取りなすように、

「だが、新吉つぁんが帰ってきて、この店でしばらく修業をするってえのはありがてえや。今日はすぐに帰ったが、また明日にでも様子を見に来るに違《ちげ》えねえ。そん時は小母さん、よろしく頼むよ」

「何がよろしく頼むだよ。あたしはいつものままさ」

お夏は相変わらずの仏頂面で、

「まあ新さん、修業たってうちの店じゃあたかが知れているんだ。ちょいと手伝ってくれながら、まず旅の垢を落しゃあいいよ」

と、今は新吉を歓待する宴を開いているのであって、龍五郎の気うつを晴らす場ではないのだと釘を刺した。

これには一同も黙るしかなく、ひとまず龍五郎が居酒屋に以前のように来ることに望みを繋いだ。

その日から新吉は、板場の奥にある三畳足らずの部屋で寝泊まりをして、客商売を学びつつ、久しぶりの目黒での暮らしに慣れんとした。

そんな新吉の存在が、政吉にとってはありがたかったのだが、翌日になって、龍

五郎を居酒屋に誘うと、

「いや、おれは行かねえよ」

龍五郎は素っ気なく応えた。

「いや、親方、新吉つぁんも、あれこれと心細いこともあるはずですぜ。ここはやはり親方が一日に一度は顔を出して励ましてあげたらどうなんです」

政吉が掻き口説いても、

「あの婆ァが傍にいるんだ。何も心細くなんかねえや。清さんもついているんだぞ」

「いや、そこに親方が言葉を添えたら、もっと心強《づえ》えはずですぜ」

「新吉はそんな弱《よえ》え男じゃあねえ。おれが行けば色々言いたくもなる。食いもん商売についちゃあ素人のおれが口を出すと、余計ややこしくならあ」

「へい……」

政吉は、ここでもすごすごと引き下がるしかなかったのである。

止むなくお夏の居酒屋で、これを告げると、

「ああ、まともだわ……！　言うことがまともすぎるわ！」

お春は大いに嘆いた。

「あんた、馬鹿じゃないの」

お夏は怪訝《けげん》な顔でお春を見た。

「まとも、大いに結構じゃあないか。新さんが変わったように、親方も変わったのさ」

「でもねえ、お夏さん、この変わりようはおかしいわよ。人は死ぬ前に、いきなり思いもつかないことをするというわよ」

「そんならあのおやじにも、いよいよ寿命がきたんじゃあないのかい」

「そんな……」

「死ぬ前に馬鹿になるより好いじゃあないか」

「気うつの病が因なら、それを治してあげたらもっと長生きできるわよ」

「そのためにここへ呼んで、怒らせろってかい？　あたしと口入屋の口喧嘩が見られないと、一日が始まらない、なんて皆思っているのかもしれないけどねえ。こっちは迷惑なんだよ。手前《てめえ》で他に生き甲斐を見つけやがれってんだ」

お夏はひとつ吠えた。

お春は心の内を見透かされて、何も言えなかった。

「あのおやじは黄昏れている手前《てめえ》を楽しんでいるのさ。そのうちにそれがどれほど恰好悪いか気がついて、怒りまくってごまかすに違いないよ。だから政さん、お春さん、うっちゃっときな」

そして、お夏のこの一言で、客達は再び黙って龍五郎を見守ることにしたのである。

「女将さんも変わっちゃあいねえなあ。だが、あっしは好い時に帰ってきたようですねえ……」

新吉はつくづくと感じ入って、少し意味ありげに言った。

するとそこへ、勇み肌の若い衆が、仲間を二人連れて入って来た。

「新吉兄ィ……！　やはり帰っていたのかい」

馴れ馴れしく声をかけてきたそ奴を見て、

「染次郎《そめじろう》か……」

新吉は顔を曇らせた。

お夏と清次も染次郎には見覚えがあった。

六年前、新吉がこの居酒屋に若いのを引き連れてやって来て、お夏に絡んできたことがあった。

その時に、新吉に引っ付いていた男である。

太鼓の利助一家は壊滅して、三下達は散り散りになったが、染次郎は近頃になってまた、この界隈に戻ってきて好い顔になっているらしい。

「兄ィが帰っていると噂に聞いて嬉しくなってよう。こんなけちな店で飲んでねえで、おれ達と繰り出そうぜ」

染次郎は威勢を張ってみせた。

お夏のこめかみの膏薬《こうやく》がぴくりと動いた。清次は包丁を持つ手を止めた。

「生憎おれは、ここで堅気の修業中だ。今のお前に兄ィと言われるのは畏れ多いぜ。またそのうちにな」

新吉はさらりとかわした。

「兄ィ、そんな水臭《くせ》えことを言うなよ。まあ達者そうで何よりだ。色々話があるんだ。またな……」

染次郎は、不敵な笑みを残して店を出た。

「お騒がせいたしましたね……」

新吉は苦い顔で頭を掻くと、皆に酒を注いで回った。

これで一同の不安は、龍五郎のことから新吉の未来へと一気に変わった。

やくざから足を洗い、懸命に生きようとしている男を、どうかそっとしておいてくれ。

昔のしがらみが彼に絡みつき、息も出来ない様子にならぬよう、皆が祈った。

この居酒屋に集う連中は、過去に犯した罪のしがらみから逃れ、やっとのことでまっとうに暮らせるようになった者がほとんどだ。

それゆえに、新吉の苦しみが痛いほどわかるのである。

お夏と清次は、今出て行った染次郎と、新吉の姿を見比べながら、ゆったりと頷き合ったのである。

八

不動の龍五郎は、周囲の者の期待に反して、新吉との再会を経ても、以前のような威勢のよさが戻らなかった。

今までの龍五郎なら、新吉が帰ったと聞けば真っ先にお夏の居酒屋に乗り込んで、

「新吉、色々と辛《つれ》えこともあるかもしれねえが、そん時はおれに言ってこい。おう皆、これからはまっとうに暮らす新吉を守り立ててやろうじゃあねえか。婆ァ！しっかりと面倒を見てやるんだぞ！」

と雄叫びをあげ、何かというと新吉の姿を見に行って、大声で笑ったり泣いたりしたであろう。

そういう自分が、変われば変わるものだと思いはするが、やはり気力が湧いてこない。

皆は新吉の様子を見守ってやれと言うが、新吉はすっかり立派になっていた。

三十になる一人前の男の何を見守れというのだ。

確かに新吉のことは気にかかっていたが、お夏の居酒屋を手伝い、その成果をもって休み処を開きたいという目論見もしっかりとしたものだ。

自分が張り切ることもない。

この件もこれで肩の荷が下りた、というものだ。

そんな気が先に立って、龍五郎の心は沸き立たないのだ。

これが気うつの病というなら、それでよい。

自分はただその病にかかってしまった。つまり病人なのだから、引っ込んでいればよいではないか。

どうせ先に望みもない。

女房の墓に参り、娘の嫁ぎ先には迷惑をかけず、年に二、三度孫の顔を見れば満足だ。

同じことを繰り返し、そのうちに体が衰えていく。

自分の今の歳には、二親は共に亡くなっていた。

武士ならば先祖の墓前で、役に立たなくなった自分を詫びて、腹を切る。そんな身の決着をつけられるのかもしれないが、自分で命を絶つ勇気もない。

余生を静かに送るのがよかろう。

老境に入った男が、いつまでも荒くれ達相手にがなっているのが、いざ引っ込んでみると恥ずかしくなってきた。

周りの者達が言うように、怒れば以前の調子に戻るかもしれない。しかし怒る気力が湧かないのだから仕方がない。

だが、考えようによっては、怒りが湧かないのは、それだけ自分の周りが平和だということだ。

平和、大いに結構ではないか。

自分自身、今のやり切れなさからどうして脱すればよいかわからない龍五郎は、ぼんやりとする意識の中、そのように理由付けをしていた。

それでも、〝金熊屋〟に顔出しに行く時だけは、すんなりと体が動いた。

恩あるお結へのご機嫌伺いさえも億劫になれば、もう自分は人でなくなる。その想いだけは心と体に刻み込まれているのが救いであった。

この日も店を訪ねると、

「龍さん、来てくれたのかい」

お結は大いに喜んだ。

「おかみさん、ご心配をおかけしているようで相すみません」

龍五郎は深々と頭を下げた。

お結は、お春からあれこれ聞かされていて、龍五郎にかけたい言葉は色々とあっ

たが、

「何もあやまることなどありませんよ。こうして律儀に顔を見せてくれる。あたしにとっては、いつもの龍さんさ。嬉しくて仕方がありませんよ。あたしは達者にしているから心配いりませんよ。うちの人のお墓にもたまには参ってあげておくれ」

この日はひとまずそれだけを伝えた。

「そういえばこの十日ばかり、親方のお墓に参っておりません。こいつはいけねえ。帰りに寄らしてもらいます」

龍五郎は恐縮の体で〝金熊屋〟を出ると、口入屋の師匠であった熊吉の墓へ向かった。

――そうだ。おかみさんに会いに行って、それから毎日、女房と親方の墓に参ろう。

何をする気にもなれなかったが、ひとつやる気が起こったことが嬉しかった。

熊吉の墓は、目黒不動の裏手にある。

幾分足取りが軽くなったような気がして、龍五郎の顔が綻んだ。

「親方、あっしも老いぼれちまったようでございます。まったく面目次第もございません。そのうちそっちへ行きますんで、寅蔵と二人で待っていておくんなさいまし」

熊吉の墓に手を合わせてそう告げると泣けてきた。

龍五郎は、このところ足が遠のいていた、熊吉の墓参りを勧めてくれたお結に感謝した。

己が感情が揺れ動き、心と体が少しばかり熱くなったからだ。

さて、しばし辺りを歩いてから帰ろうかと、墓所を出た時。

龍五郎は、新吉の姿を地蔵堂前の一隅に見た。

「新吉……。まさかあの野郎……」

新吉は、遊び人風の三人と一緒であった。

目黒へ戻ったは好いが、またよからぬ奴らに誘われて、道を踏み外さんとしているのではなかろうか――。

それもこれも新吉の勝手だ。放っておけばよいとは思えなかった。

そっと様子を窺うと、新吉はいきなり三人の内の兄貴格に深々と頭を下げた。

「染次郎、すまねえ。お前がおれを覚えていてくれて、あれこれ面倒を見てやろうとしてくれるのはありがてえ。だがおれは、旅へ出てからは堅気の道を求めて暮らしてきた。それがやっと身についていて、目黒へ戻ってきたんだ。頼むから、おれをそうっとしておいてくれねえか」

龍五郎は、新吉の態度にほっとしたが、染次郎の顔付きが気にくわなかった。そういえば新吉に引っ付いて廻っていた三下に、あ奴がいたような気がする。

「何でえ、そんならおれのお節介は、兄ィには迷惑だってわけかい」

「いや、そんなんじゃあねえが、もうお前とは付合えねえんだ」

「そうかい。そんならお前はもう他人だな」

「すまねえ……」

「すまねえだと？　お前は何かってえとおれを殴りつけやがったが、それも兄弟だと思うから腹も立たなかったんだぜ……」

染次郎は新吉を睨みつけた。

──あの野郎。新吉に仕返しをするつもりだ。

龍五郎は唸った。

〃兄ィ、兄ィ〃と新吉にまとわりついたのは、堅気にならんとしているかつての兄貴分を、嬲《なぶ》ってやろうと思ってのことだったのだ。

「染次郎、いや、染次郎さん、そん時のことが頭にくるなら、今ここでおれを殴ってくれ」

新吉はその場に座った。

――偉《えれ》えぞ、新吉。

龍五郎の心と体が再び燃えてきた。

染次郎は残忍な目を向けて、

「ふん、それが山犬の異名をとった新吉かい。この面汚しが！」

新吉を罵るや、いきなり殴りつけた。

新吉は堪えた。

「気のすむまで殴りゃあいい。だが、この先は他人だぜ」

落ち着き払って応えた新吉が、染次郎を苛々とさせた。男の違いを見せつけられては憎悪が湧き上がる。

「ふん、恰好をつけるんじゃあねえや。おう、この野郎に思い知らせてやんな！」

染次郎は、後の二人に声をかけると、三人で殴る蹴るを加えた。新吉はそれでも堪えた。

「その辺りにしておけ……」

気がついたら、龍五郎は止めに入っていた。

染次郎は、日頃四之橋界隈でよたっていて、新吉の噂を聞き付け、彼もまた久しぶりに目黒不動門前に出張り、悪事の種を探していた。

それゆえ、龍五郎をどこかで見た顔のおやじだと思ったが、さして気にも留めず、

「おやじ……！　引っ込んでいろい！」

と、凄んだ。

「親方……」

新吉は、傷だらけの顔を龍五郎に向けて、頭を振ってみせた。

「親方……？　どこの親方だ……？」

染次郎は親方と聞いて少し動揺したが、今日の龍五郎は、どこぞの隠居のような形《なり》で、連れもいなかった。気にすることもないと、嵩《かさ》にかかって詰め寄った。

「おれのことなどどうでも好いや。新吉は黙って殴られたんだ。この辺りにしておけと言っているんだよう」

「やかましいやい！　こっちのけりはまだついてねえんだ。出しゃばるのなら手前《てめえ》が相手だ。そこをのきやがれ！」

染次郎は龍五郎の肩を、ぐっと突いた。

それを見て、新吉がすっくと立ち上がったが、

「新吉、お前は手を出すんじゃあねえや！」

と一喝すると、龍五郎は、

「手前、おれを突きやがったな」

染次郎に、にじり寄った。

「突いたがどうした！」

「この不動の龍五郎をなめるんじゃあねえや！」

言うや龍五郎は、染次郎を張り倒した。

染次郎は思わぬ龍五郎の腕っ節にたじろいだが、

「て、手前……」

立ち上がると、三下二人に目配せをして、龍五郎に襲いかからんとした。しかし
その刹那、二人はたちまちその場にのたうった。

傍らの木立から現れた清次が、一人に蹴りを入れ、今一人に鉄拳を見舞ったのだ。

続いてお夏がやって来て、龍五郎を見てニヤリと笑った。

「お、お前らは……」

思わぬ助っ人に、染次郎は戦《おのの》いた。

「お前がけちな店だとぬかした、居酒屋の婆ァだよう。お前、目黒へ来て不動の龍五郎に喧嘩を売るとは好い度胸をしているじゃあないか」

「婆ァ、出しゃばるんじゃあねえや」

龍五郎は久しぶりにお夏に毒づいた。

「この野郎に、今からもうひとつ食らわすところなんだよ！」

そして、素早い動きで染次郎との間合を詰めると、拳で頬桁に一撃食らわせた。

堪らず染次郎が頬を押さえて後退《あとずさ》りすると、そこへ、政吉、千吉、長助、さらに、駕籠舁きの源三、助五郎、車力の為吉、米搗きの乙次郎が駆け付けて、

「親方！」

「どういたしやした！」

「おう！　手前らどこの者だ！」

と、三人を取り囲んだ。

そして政吉が、

「やい！　手前《てめえ》ら、不動の親方に喧嘩を売るなら、目黒中の男が総出で相手してやるから心して来やがれ！」

と、締め括った。

「お、おみそれいたしやした……！」

染次郎は、わなわなと震えながら、二人を連れて走り去った。

「親方、また助けてもらいやしたね……」

新吉が、仁王立ちの龍五郎の傍へ寄って、しっかりと頭を下げた。

「新吉、お前は偉かったぜ」

龍五郎は新吉の肩を叩くと、一同を見廻して、

「助けてくれてありがとうよ……」

ニヤリと笑った。

「だが、婆ァ、手前企みやがったな」

そうしてお夏を詰った。

龍五郎は瞬時に察した。

真光堂のお春が、金熊屋のお結に、龍五郎が来たら熊吉の墓に参るように仕向けてくれと告げる。

龍五郎がお結を訪ねる時分は毎日ほぼ同じだ。

それを見計って、新吉が過去の因縁との片をつけに、墓所近くに染次郎を呼び出す。

きっと喧嘩になるだろう。

その様子を龍五郎に見せつければ、体を張って新吉を守るはずだ。

そうなれば、男・不動の龍五郎が蘇ると絵を画《か》いたのに違いない――。

そんな企みをするのはお夏しかいない。そしてお夏が号令すると、皆は動くのだ。

新吉がこの間合で目黒に戻ったのも、陰でお夏が動いたのかもしれない――。

お夏は仏頂面で、

「あたしが企んだ？　新さんが気になってあとをつけたんだよ。そしたら親方がいたから、ちょいと見物させてもらっただけさ」

「ほう、そうかい。そうくるか」

「よかったよ。新さんが黙ってやられているのに、あんたがまた腑抜けみたいに通り過ぎていったら、どうしようかと思ったからねえ」

「おれがいつ腑抜けになった」

「ついさっきまでそうだったじゃあないか。あれが腑抜けでなかったら何だい、惚《ぼ》けてたのかい」

「くそ婆ァ……。ようしッ！　この続きはあの小汚《こぎたね》え店でしようじゃあねえか。新吉が無事に堅気になった祝いを兼ねてよう」

龍五郎はそう言い置くと、さっさと歩き出して、行人坂へ向かった。

目に浮かんだ涙を見られたくなかったのだ。

仕事そっちのけで、男達はこれに続いた。

今頃は店に、お春、お結、吉野安頓がいて、龍五郎が元に戻ったか確かめてやろうと待ち構えているはずであった。

お夏と清次は、男達を追いかけながら、やれやれという顔で、

「ちょいと大人しくなっただけで大騒ぎだ。あのおやじはほんに幸せもんだねえ……」

「まったくで」

「清さん、今日はあの大蒜を、口入屋に食べさせてやろうよ」

「へい、親方には精をつけてもらわねえといけませんからねえ」

「どう料理する？」

「軍鶏《シャモ》に使いやしょう」

「軍鶏かい、そいつは好いねえ」

「ごま油を鍋に落して、擂った大蒜をこんがりと焼いて、軍鶏の切り身を入れる……。そこに酒と醬油をかけ回してみようかと……」

「ますます好いねえ」

「親方の口に合いますかねえ」

「文句は言わせないよう」

「そんなら腕によりをかけて」

　ごま油にはじける大蒜の濃厚な香りに想いを馳せると、それだけで二人の足取りは浮きたち、先頭を行く龍五郎との差を、みるみるうちに縮めていった。

「口入屋！　うちの店に来るのはいいが、先に小便すましておくれよ！」

「うるせえ！　したくなったら、辛抱しねえで、まき散らしてやるぜ！」

店に着く前からやり合うお夏と龍五郎に、行人坂は沸き立った。

見上げると、空に浮かんだ入道雲が、笑っているように見えた。

二人の口喧嘩は、この何日か分を取り返すように、それから延々と続いたのである。

第三話　芋粥

一

夏になったばかりの頃であっただろうか。

お夏は好物の煙草〝国分〟が切れたので、朝からいつものように、目黒不動門前にある馴染の煙草屋へと出かけた。

せっかくなので、帰りに亡父・相模屋長右衛門の許で書役を務めていた、河瀬庄《かわせしょう》兵衛《べえ》の浪宅を訪ねてみようと、安養院の方へと歩みを進めたその時であった。

「各方《おのおのがた》……、少しばかり酔いを醒《さ》まされた方がよろしかろう」

よく通る、若い男の声が聞こえてきた。

声がする方に目を向けると、掛茶屋に浪人風の三人組がいて、何やら口々にわめいている。

朝から酔っ払っておだをあげているようだ。

茶屋の茶立女や、参詣客達が、恐れて前を通れないので、声の主である若者がそれを宥めているのである。

若者は二十歳《はたち》過ぎであろうか。

筒袖の刺子織に綿袴。腰には脇差だけを帯びて、手には木太刀の入った袋を携えている。

どこぞの御家人か浪人の子弟で、剣術修行中のように窺える。

表情は涼し気だが、太い眉に、ぎょろりとした目。鼻も口も大きく、古《いにしえ》の若武者という風情がある。

三人組は、それなりに腕に覚えがあるらしく、

「おい、若造、お前、おれ達に意見をするのか？」

「気にくわぬ奴め……」

「我らが乱暴狼藉を働いているとでも申すか！」

口々に言い立てた。

「いやいや、意見などするつもりはござりませぬが、各方のような、いかにも強そうな武士が、そのように大きな声を出されますと、皆恐がって道を通ることもままなりませせぬ。それゆえ、少しばかり酔いを醒まされた方がよいかと申し上げたまで……」

若者は臆せず、にこやかに言葉を続けた。

お夏は興をそそられた。

若さに似合わぬ落ち着いた物言いには、どこか人を食ったような愛敬がある。

そして、お夏には彼の物腰も話し口調も、

——誰かに似ている。

ように思えたのだ。

「たわけ者めが！　少々酒が過ぎたと思うからこそ、茶屋で休息をしているのではないか！」

大兵《だいひょう》の一人が吠えた。

「ははは、なるほど、それは仰せの通りにござりまするな。これは御無礼仕《つかまつ》りました。ならば、少しばかり声を小そうしてくださりませぬかな」

相変わらず老成した風情を見せる若者に、三人組は苛立った。

「おのれ、その小癪《こしやく》な減らず口、二度と利けぬようにしてやろうか!」

再び大兵が吠えると、三人は若者に迫った。

それでも若者は頰笑みを絶やさず、

「口が利けぬようにされては困ります。ならば、これにて一手御指南願えますれば、幸いにございます」

深々と頭を下げてみせた。

「一手御指南だと?」

「ふざけた奴だ!」

「よし! それなら、指南してやろうぞ!」

酒の酔いが抜け切らず、三人は腰の太刀を鞘ごと抜いて、若者に打ちかかった。

「これは忝《かたじけの》うござる!」

若者は、子供がじゃれて遊ぶように、木太刀の入った袋をそのまま振りかざし、

「おお! これは危ない……! ならばこうだ!」

などと、掛け声代わりに言葉を発して、見事に三人の攻撃をかわした。

そして、

「御免！」

と、足を払い、肩を打ち、胴を突き、次々と三人組に目の覚めるような技を決めたものだ。

三人組は堪らずその場に座り込んだ。

「よい稽古になりました」

若者は笑顔を向けて、再び頭を下げると、その場から足早に立ち去った。

見物の衆からは、称賛の溜息が漏れた。

三人組は恥辱に酔いも醒めて、たちまち走り去ったのである。

お夏は、立ち去る若者をぼんやりと見ながら、彼が誰に似ているのか、頭を捻《ひね》っていたが、やがてある男の顔が頭に浮かんだ。

――そうだ、団蔵《だんぞう》の小父《おじ》さんだ。

思い当った時には、既に若者の姿は辺りから消えていた。

黒沢《くろさわ》団蔵――。

お夏の父・相模屋長右衛門の武術における弟弟子である。

若き頃。長右衛門は、藤村念斎《ふじむらねんさい》という武芸者の許で修行をした。

念斎は傑出した武芸者であったが、果し合いにて討ち果した相手が、生き別れになっていた弟と知り、世を捨て足柄山《あしがらやま》に籠って弟の御霊を慰めた。

長右衛門は、故郷を捨てよからぬ連中に交じわってしまい、そこから逃げだしたところ、足柄山で念斎に助けられ、望んで弟子となったのだ。

やがて師を凌ぐほどの術を身に付けた長右衛門は、念斎の死去に伴い、山を下りて江戸でその力を人助けのために揮うことになるのだが、同じく念斎の許に転がり込んできたのが、団蔵であった。

団蔵もまた長右衛門と同じような境遇に育ち、二人は二年の間共に暮らしたのだが、長右衛門が山を下りると、彼は念斎が住んでいた庵を受け継ぎ、山籠りの暮らしを送ったのである。

長右衛門は江戸へ出てからも、団蔵を気にかけ、〝相模屋〟を手伝わないかと誘ったが、団蔵はあくまでも山での仙人の如き暮《ごと》らしを望んだ。

それでも、長右衛門と団蔵の交誼《こうぎ》は続き、長右衛門死して後は、娘のお夏と、文のやり取りを続けていたし、お夏も足柄山には何度か団蔵に会いに足を運んでいた。

二年前の秋には、団蔵がふらりと江戸に現れ、大騒動を繰り広げていた。

お夏は団蔵を叔父のように慕っていたから、もうこの辺りで江戸に出てこないかと期待したが、団蔵はやはり山の暮らしが恋しいらしく、帰っていったのだ。

先ほど見た若者は、その団蔵を思い起こさせた。

団蔵は六十絡みの老人で、あの若者とは四十くらいも歳が違うのだが、人を食ったような物言い、喧嘩を武芸の稽古のように捉えてにこやかにやり合うおかしみも含めて、実によく似ている。

若者の口と顎に髭《ひげ》を付け、白いものを加えれば、顔も団蔵そっくりになるだろう。

――どこの誰か確かめておけばよかったよ。

思わず若者の動きに見惚れてしまい、気がつけば彼の姿を見失ってしまったことを、お夏は悔やんだ。

とはいえ、好い歳をした女が、若き武士のあとを辿って正体をつきとめるなど、恥ずかしくて出来るものではない。

しかし、ちょうどよかった。

足柄山の団蔵の許に、そろそろ文を出さねばならないと思いながら、忙しさにとり紛れて果せていなかったので、

――帰ったら小父さんに文を認《したた》めよう。

そんな気にさせられた。

変わり者で、悪戯《いたずら》好きの団蔵に、どのような文を送ろうかと、なかなか考えつかなかったのが、これで書ける。

「今日は、小父さんによく似た若いお武家を見かけておかしかったのですよ……」

という書き出しで、ご機嫌はいかがかと、認めてみよう。

そうして、すぐに足柄山の団蔵の庵に文を送ったのだが、梅雨にさしかかろうかという時分になって、いつものように目黒不動門前へ煙草を買いに出かけ、店から出たところで、

「お嬢……。相変わらずのようじゃのう」

と、団蔵から声をかけられた。

「小父さん……」

そろそろ返事がくる頃かと楽しみにしていたのだが、

「まさか来てくれるとは、思いませんでしたよ」

と、お夏は団蔵の前で、小娘のようにはしゃいだのであった。

二

二年前に、一度、足柄山を下りて江戸にやって来た黒沢団蔵であった。

まったく都には馴染めぬ、真に仙人のような団蔵は、行く先々であれこれ騒動を起こしたが、六十を過ぎて尚、天狗のような身のこなしと、少年の心を持ち続けている彼の姿をまの当りにすると、お夏の居酒屋に集う荒くれ達は、一様に心を打たれ、

「天狗の先生」

「山の先生」

と、大いに慕った。

団蔵が再び目黒にやって来たと知れると、連中はぞろぞろとお夏の居酒屋に集まってきた。

団蔵が、お夏の昔馴染で、江戸にいる間は、この店に逗留するのを誰もが知っていた。

団蔵は前回同様、店の裏手に併設されている小屋で過ごした。

ここは日頃、料理人の清次が使っているのだが、清次は店の板場の奥にある小部屋に移り、団蔵に明け渡した。

清次を始め、河瀬庄兵衛、髪結の鶴吉《つるきち》、船漕ぎの八兵衛《はちべえ》といった、相模屋長右衛門縁の者達は、お夏同様、団蔵を身内の小父さんのように思っているので、居酒屋の常連とは別にそっと店に顔を出して、団蔵を歓待したものだ。

団蔵もこれに応えて、どこからか猪の肉を手に入れてきて、猪鍋を振舞った。

季節は夏。猪鍋にはいささか暑いが、以前、吉野安頓が持ち込んだ大蒜も少し入れて、山仕込みの大胆な味に、誰もが舌鼓を打ったのである。

六十をとっくに過ぎている団蔵であるが、以前と変わらず壮健で、山中での鳥獣の動き、季節の移り変わりなどを語り、一同を唸らせると、

「おい、皆があれから強うなったか、見てやろう」

町の若い衆に、武芸の手ほどきをしてやった。

賑やかな歓迎の宴は二日続いたが、

「うちの先生を引っ張り廻すんじゃあないよ」

お夏は、常連達に釘を刺した。

仙人のような暮らしを送る団蔵にとって、江戸の風俗は珍しく映るが、やはり馴染めるものではない。

この度もまた、行く先々で騒動が起こること、請合いなのである。

居酒屋の常連達は、その騒動を楽しまんとするので、油断がならないのだ。

お夏も清次も、団蔵がお夏からの文を読んで、

「久しぶりに江戸へ遊山に参ろうか」

などと思い立って、ふらりとやって来ただけとは思っていなかった。

二年前、団蔵は、庵で飼っていた犬を殺した者が、江戸にいると調べ上げ、犬の仇討ちにやって来た。

憎き相手ではあるが、犬の仇で人を斬れば罪に問われる。

お夏は、町方の同心・濱名《はまな》又七郎《またしちろう》を上手く巻き込み、相手の悪事を暴き、法の下で裁きを受けさせるように持っていった。

たものだ。

団蔵はこの助太刀を大いに喜んだが、お夏と清次達は、随分とはらはらさせられ

再会の喜びが落ち着くと、お夏は清次と、店仕舞いをした居酒屋で、

「さて小父さん、今度のお出ましの理由を聞かせてもらいましょうか。ただの物見

遊山で、山を下りたわけではないのでしょう」

と、切り出した。

「そうじゃのう。まず話しておかねばなるまいな」

団蔵は、いつものにこやかな表情を崩さずに、

「おれもいつまで生きていられるかわからぬゆえにのう。この辺りで確かめておき

たいことがあるのじゃよ」

しみじみとした口調で応えた。

「確かめておきたいこと?」

お夏と清次は身を乗り出した。

団蔵は仙人の如く、悠々自適に暮らしているが、本分は武芸者である。あれこれ

と因縁を背負って生きているはずだ。

「それは、命のやり取りに繋がる話ですか?」

「うむ……?」

団蔵はお夏の問いかけの真意を解して、

「ははは、そのような物騒なことで参ったのではない」

忙《せわ》しく頭を振ってみせた。

「お嬢が、気になることを文に認めていたであろう」

「気になること……」

「おれに似た若いのを見かけたと」

「ああ、その話ですか」

お夏の顔が綻んだ。

「小父さんに見せてあげたかったのですがねえ。どこの誰かわからぬまま、見失ってしまいましたよ」

「それは残念じゃ。もしや、おれの子であったかもしれぬ……」

「ふふふ、そうですねえ」

お夏は笑ったが、団蔵が真顔なので、

「まさか……」

まじまじと団蔵を見た。

団蔵のことなので、すぐにまた笑い出して、

「戯《ざ》れごとじゃよ！」

と言うかと思ったが、

「考えられぬことでもない」

団蔵の表情は変わらなかった。

「それはまあ、そうでしょうねえ」

お夏の横で清次も相槌を打った。

山で仙人のような暮らしを送っている団蔵に、女の影を覚えたことはなかったが、思えば団蔵にも若い頃があり、女に無縁ではなかったはずだ。

「覚えがあるのですね」

お夏は、ゆったりとした口調で問うた。

「うむ。その若いのは、二十歳過ぎくらいであったとか」

「はい。二十歳から二十五くらいであったと。もっとも、立居振舞、物言いは四十

絡みに思えましたが」

「ならば覚えがある。四十を過ぎた頃に、三人の女と情を通じた」

「三人の女？」

「ははは、そんなにもてたのかと、言いたいのじゃな」

ここで団蔵の表情が和らいだ。

お夏もニヤリと笑って、

「これはお見それいたしました。いいえ、小父さんは今だって、その気になれば、いくらでも女が寄ってくると思っていますよ」

「嬉しいことを言うてくれるのう。とはいえ、もう女は無用ではあるが」

「そう決めつけることもありませんよ」

「ふふふ、そうじゃのう」

「まず、その三人の話を聞かせてもらおうじゃあ、ありませんか」

「いささか恥ずかしいが、これは話さねばなるまいのう」

「はい」

「これがまた、おかしな話でのう……」

三

三人の女について語るには、まず、〝大貫源内《おおぬきげんない》〟という武士に触れねばなるまい——。

黒沢団蔵が述懐するに、お夏の父・長右衛門が山を去り、団蔵が独りで、師・藤村念斎の修行の場であった庵を受け継いでしばらくして、どこで噂を聞きつけたのか、

「御門人の端にお加えいただきとうござりまする」

と、いきなり庵を訪ねてきたのが、大貫源内であった。

人を食ったような洒脱さが団蔵の持ち味であるが、

「この源内という男は、おれよりも尚、ふざけた男でな」

という。

「御門人の端？　見ればわかろう。某に門人などおらぬよ」

団蔵が呆れ顔で応えると、

「左様でございますか。ならば、わたくしがいきなり札頭ということでございますな」

源内は屈託のない笑みを浮かべた。

「札などかけておらぬ。某は、独りの暮らしを楽しんでおるのじゃ。弟子などとんでもないことじゃ」

「いや、そこを何とかお願いできませぬか。以前からこういう庵に住んでみたかったのです」

「武芸の修行をしたいのではないのか！」

「それもしとうございます」

「それも……」

「何卒、わたくしを弟子に……」

「帰れ」

「どうしてもなりませぬか」

「おぬしのような、何を考えているかわからぬような者を弟子にはせぬ」

「ならば、出直して参ります」

「何度出直したとて、某の応えは変わらぬ」

「いや、きっと先生の首を横に……」

「既に横に振っておる」

「いや、縦に振らせてみせますぞ」

思い返すと、何ともおかしなやり取りの末、源内は去っていった。

しかし、それからまたすぐにやって来て、

「これからは、ここへ通って参りますゆえ、どうか武芸指南を願いまする」

再び入門を乞うた。

「通って参る?」

「いかにも。この近くにわたくしも、庵を構えましてござりまする」

というのだ。それでも断ると、

「お手間は取らせませませぬゆえ、何卒……」

源内は、熱心に通って尚入門を乞うた。

手間は取らせないというのも、どうもふざけている。

武芸を何だと心得ているのか——。

団蔵は、

「おれの武芸を学びたいというが、おぬしに教えることは何もない」

と、突き放した。

団蔵は、剣術、柔術、小太刀、棒術、手裏剣術など、藤村念斎から一通り学び、兄弟子の長右衛門を相手に立合い、素晴らしい術を身につけた。

そして独りになってからは、山谷を駆け廻り、猪、熊などと遊び、独特な黒沢流武芸を確立せんとしていた。

いくら乞われても、弟子など取る気は毛頭ない。

話を聞けば、源内は自分より五つ下で、江戸の商人であった。それが、先祖が武家であったと知り剣術に魅せられ、家財を売り払って武者修行に出たところ、藤村念斎の噂を聞きつけてやって来たという。

「ところが来てみれば、藤村先生は既に亡く、代わりにこの黒沢団蔵がいたというわけか。よかったのう。先生が御存命ならば、おぬしのようなふざけた男は、打ち殺されていたところじゃ」

しかめっ面で皮肉を言ったが、

「ありがたいことでござる」

まったく源内には応えない。

ただ、話しているとおもしろいので、団蔵もひとまず折れて、

「教えはいたさぬが、おれの修練を眺めている分には構わぬゆえ、勝手にすればよい」

と、告げた。

「忝《かたじけの》うござりまする……」

源内は大喜びで、連日、己が庵から通って来ては、団蔵の身の回りの世話をしようとした。

しかし、何ごとも自分の手でしないと気がすまぬ団蔵は、

「何もするな！　ただ見ておれ！」

と、叱りとばして、己が修行の調子を崩さなかった。

「畏れ入りまする」

源内は団蔵には逆らわず、言われた通りにして、団蔵の修練を見物した。

しかし、山を駆け、野を駆け、谷を下り、川に飛び込む荒行は、見るだけでも大

変である。

共に駆けて団蔵を見失わないようにするには、相当な体力と気力がいる。これに源内は付いていけなかった。団蔵は彼の姿が目の前から消えると、

「いつまでも続くものではなかろう」

そのようにほくそ笑んでいたのだが、

「先生に付いていくのは大変でござる」

などと嘆きながらも、源内はやって来て、団蔵の後を追った。

やがて、源内は遅れながらも、団蔵に付きまとうだけの脚力を身に付け、溺れそうになりながらも、川を泳ぐようになった。

思えば団蔵も、兄弟子の長右衛門と同じ、百姓の出で、村の決まりや掟に縛られて、ろくな暮らしが出来ぬ小作人の次男坊として生まれた。そして、先の見えぬ己が境遇に見切りをつけ、在所をとび出した。

鳥獣にも群れの掟があるのかもしれないが、連中は自然の恵みを自分で探し、それぞれが勝手に生きている。

ならば自分も山に住み、誰にも邪魔されぬ力を身に付けてやろう。

つまり鳥獣を超える人間になると心に決め、無謀にも藤村念斎の許に押しかけたのだ。

しかし念斎は団蔵を拒まなかった。

「命をかけて武芸を極めてやろうという想いがあるなら、わしの傍にいるがよい」

と、厳しい試練を課しつつ、武芸を仕込み、日々の糧を与えてくれた。

その恩は、源内に構ってやることで返さねばならないのであろう。

山奥のおもしろみのないところへやって来て、自分の後に付いてこられるようになったのだ。認めてやってもよいではないか。

団蔵は、自分が弟子を取るだけの武芸者になれていないので、入門は認めぬが、

「山籠り仲間として、共に武芸を極めようではないか」

と言って、毎日庵に来ることを認め、時には武芸の手ほどきをしてやった。

「江戸が恋しくば、いつでも帰るがよい」

と勧めてやったが、

「石の上にも三年と申します。三年の間はあれこれお教えください」

源内は、厳しい修行に耐えた。

そもそもは遊び好きで、武芸は道楽で始めたが、

「命がけで挑んでこそ、真の道楽でござりまする」

という信念を曲げず、とことん武芸を求める姿は、いつしか団蔵の心を捉えた。

三年後に弟子と認め、

「これで免許皆伝じゃ。江戸へ戻るがよい」

と、団蔵は一筆認めてやったのだ。

団蔵自身の修行は、まだこれからも続くので、いつまでも源内と一緒にはいられない。

源内はよく頑張ったが、彼には兄弟子の長右衛門と同じく、身に付けた武芸を江戸で活かして欲しかった。

こう言われると源内も踏ん切りがつき、

「先生の仰せの通りにいたしますが、時折はここを訪ねてもようござりまするか？」

と願い、これを許されて山を下った。

団蔵にしてみれば、源内の感傷と受け取り、適当にやり過ごした感があったが、

源内は江戸に出てからも、何かというと足柄山へ遊びに来た。

そして、困ったことに、来る度に女を連れてきたのである。

江戸に出た源内は、本所入江町の盛り場に住み、遊女、矢場女《やばおんな》、酌婦達を守る、町の用心棒となって暮らした。

女達に読み書きを教え、町の番人達には武芸を指南し、揉めごとがある時は団蔵仕込みの武芸で収め、ちょっとした町の顔役となったのである。

そして、女達にはいつも、師である黒沢団蔵の噂話を聞かせてやった。

すると、是非〝山の先生〟に会ってみたいという女が続出した。

源内が話すうちに、女達はいつしか心の内で、団蔵に恋をしたのだ。

その中で、

「死んでしまいたい……」

などと思っていたり、

「一生に一度で好いから、強い男に会い、力を授けてもらいたい」

そんな物好きな女を三人選び、団蔵を訪ねがてら、順に連れて行ってやったのである。

団蔵は、源内との再会を喜んだが、女には当惑した。

「源内、お前は何を考えておる」

そっと彼を捉まえて叱責したが、

「哀れな女に力を与えてやってくださりませ。これも人助けですぞ」

いつもの調子で乞われると、

「おれはいつものように一日を送るゆえ、見ているのは構わぬが、邪魔をいたすなよ」

という具合に受け容れてやるしかなかった。

源内は己が庵はそのまま手放さずにいたので、女をそこから通わせ、

「世の中にはな、こんな極楽浄土のようなところがあるのじゃ。団蔵先生を見よ。正《まさ》しく仙人のようであろう」

と言いながら、山紫水明の地に溶け込んで、日々修行を欠かさぬ団蔵の姿に触れさせた。

女達は皆、山で数日過ごしただけで生まれ変わったように、生き生きとした様子となった。

——世の中には、こういう殿御もいるのだ。

と、団蔵の生き方に感嘆したのだ。

源内の話によると、団蔵は貧農の出で、理不尽な世の中からとび出し、己が道を探し求めているのだという。

屈託を見せず、今の境遇を恨まず、人を羨ましがらず、飄々《ひょうひょう》たる物腰で独りを楽しみ、強く生きる。

団蔵のような境地に至らぬのであれば、日々の苦悩も受け容れて暮らすしかあるまい。

女達はそんな気にさせられ、ひとつ強くなれたのである。

そして、彼女達は一様に、団蔵に恋をした。

団蔵は、惚れられても困ると源内に怒りつつも、江戸の隅で健気に生きる女達への憐憫《れんびん》の情が湧いて、女達を遂には受け止めてしまったのである。

話を聞いて、お夏と清次はほのぼのとした笑みを浮かべた。

「小父さん、それはまた好い想いをなさいましたねえ」

「からかうのはよせ」

「いえ、小父さんにもそんな浮いたことがあったと知って、嬉しいのですよう」

「おれも男ゆえにのう。望まれたら嫌とは言えぬ」

「ごもっともで。それで、その三人にお情けを？」

「いかにも」

団蔵は淡々と応えた。

何れの女も団蔵の許で暮らしたがったが、そこは団蔵にとっての修行の場であったし、彼は生涯妻は娶らぬと決めていた。

「別れは辛かったが、源内に連れて帰ってもらったよ」

「考えてみれば、源内さんも罪なことをしましたねえ」

「いや、女の色香に迷わずにいられた自分に手応えを覚えたものじゃ」

あれは源内らしい悪戯で、団蔵へ試練を与えてやろうとしたのではなかったか
――。

団蔵は今になってそう思うようにしている。

「皆それぞれ好い女であったが、おれの信念は揺るがなかった。源内も諦めて、三

人に止《とど》めた。ふふふ、してやったりだな」

「小父さんに、好いお相手を見つけてあげたかったのが本音かもしれませんよ」

「まあ、今思えばそうかもしれぬの……」

団蔵は神妙な表情を浮かべた。

「それで小父さんは、あたしが先だって見かけた若いお人が、その三人の内の誰かの子ではないかと思って、江戸へ出てきたのですか？」

「源内が悪戯っぽく、先生に子がいるかもしれませんぞ、などとよく文に認めていたのを思い出してのう。まずそのようなこともあるまいが、おれもいつまで生きていられるか、知れたものではない。一度、三人の女に会《お》うておきたいと思うたのじゃよ」

「なるほど、一人一人当ってみれば、小父さんに子がいるかどうかもわかりますね。任せてくださいな」

お夏は、久しぶりにときめく胸を叩いてみせた。

空模様は怪しいが、梅雨の間は江戸で雨宿りをしてもらおうと、清次と頷き合ったのである。

四

「何やら恐いのう」

「小父さんに恐いものなどないでしょう」

「いや、恐い……」

お夏は、黒沢団蔵の供をして、芝愛宕《あたご》下へやって来た。団蔵が出府してから五日後のことであった。

件の三人の女の一人、お六《ろく》がここで茶屋を営んでいるというのだ。

大貫源内は先年この世を去っていたが、三人の女のその後を、亡くなる少し前に報せてきていた。

お六は最初に足柄山を訪ねた女で、当時は二十二、三であったと思われる。

水茶屋に茶立女として勤めていたのだが、ふくよかで、朗らかな彼女には贔屓が多かった。しかし言い寄ってくる男達はどれも上辺だけを取り繕い、お六は誰も好きになれなかった。

「男なんて、どれも好い加減で口ばかりだわ」

母一人娘一人で生きてきて、母のために水茶屋勤めをしたお六は、嫁にも行きそびれ、尚かつ男嫌いになっていた。

「そいつは、お前が大した男を見たことがないからだよ」

ある日、客の源内に言われた。

お六は、好い加減なようで、その実、心やさしく一本筋の通った源内を慕ってはいたが、町の顔役ともいえる彼の妻にはなれないと、端《はな》から思っていた。

とはいえ敬慕する源内が、

「足柄山に、おれなど比べものにならない、大した男がいるよ。おれの師匠なんだが、今度連れていってあげようか」

と言うので、母親の死を契機に、思い切って会いに行くことにした。

源内から何度も噂を聞かされた黒沢団蔵に、いつしか恋をしている自分に気付いていたのである。

団蔵は源内が俄に女連れで現れたので当惑した。それでも源内からお六の境遇を知らされ、言葉を交わしてみると、気立てがよく朗らかで好い女であるのに、男に不信を抱いている様子が哀しく映った。

その哀愁が団蔵の男としての心を揺さぶり、或《あ》る夜、お六と結ばれた——。

源内は終始知らぬ顔をしていたが、

「お六をこのまま置いていってよろしゅうござりまするかな」

江戸へ帰る段になってそう告げた。

「いや、それはなるまい……」

こんな山奥に生き甲斐を見つける自分に付合わせていい女ではないし、お六も団蔵にとことん付いていけるはずもないと、己が分を心得ていた。

しかし、男というものが信じられぬ自分から、団蔵のお蔭で脱することが出来た。江戸へ戻って、新たな幸せを探す勇気を得たと言って、お六は去っていった。

それからは会っていない。

愛宕下で茶屋を営んでいると源内は伝えてきたが、詳しく報せてこなかったし、団蔵も訊かなかった。

「幸せに暮らしていればよいがのう」

団蔵は、今のお六を知るのが恐かった。

いつもは総髪を荒縄で括り、髪ものばし放題であるが、今日は月代《さかやき》を剃らぬまでも、きれいに結い直し、髭も整え、身形《みなり》もこざっぱりとした団蔵は、なかなかに男振りがよい。

お夏もこめかみの膏薬は取り、天女の美しさは出さぬまでも、黒襟のついた縞の着物を小粋に着こなし、町屋の女房風に装っていた。

身だしなみに気を遣えば、男振りのよい団蔵、縹緻《きりよう》よしのお夏である。

互いの姿を見合って、ニヤニヤと笑い合ったものだ。

まず辺りで聞き込みをしたところ、お六という女将が娘と二人で切り盛りする掛茶屋があると知れた。

娘は十八。おさちというらしい。

「ならば、お六は所帯を持って、子を生《な》したのじゃな。よかった……」

しかし、その亭主はというと、数年前に亡くなったらしい。

「左様か、気の毒なことじゃな」

団蔵は胸を痛めたが、亭主がいないとなれば、会いやすくはある。

「訪ねてみましょう……」

お夏は、尚も会うのをためらっている団蔵を励ましながら、目当ての茶屋へと歩みを進めた。

愛宕下の総門の前には、左右に茶屋や菓子屋などが、休み処として並んでいる。

その賑わいは、山に暮らす団蔵にとっては、目が回るが如くであった。

――うむ、お六にとっては、ここで子を生し、育ててやる方がよかったのじゃ。

改めてあの時、彼女を江戸へ帰らせたのは正しかったと思えた。

「あの掛茶屋のようですよ……」

総門から桜川沿いに、少し北へ行ったところに、長床几を五脚ばかり並べた葭簀《よしず》張りの茶屋を、お夏は指差した。

「うむ、参ろうか」

団蔵はお夏と共に空いている床几に腰をかけて、茶を所望せんとして、茶立女を見た刹那、目を見開いて固まってしまった。

「お六……」

女が二十数年前に会った時のお六にそっくりであったのだ。

彼女が、お六の娘おさちであるのは間違いない。

果して茶立女は、はにかんで、

「おっ母《か》さんにご用ですか?」

と言った。

言葉が出ない団蔵に代わって、

「ええ、お六さんに会いに来たのですよ。お前さんが、おさちさんですね」

お夏がにこやかに問うた。

「はい、左様でございますが……」

おさちは、団蔵をじっと見て、

「すぐに呼んで参ります……」

あたふたとして、葭簀囲いの茶釜の方へと行った。

「どうやらお六さんは、小父さんの噂話を娘にしていたようですよ」

お夏は嬉しそうに団蔵に耳打ちした。

おさちもまた団蔵を見て、

——もしや。

と思ったのに違いない。

それからすぐに、お六が小走りに出て来て、

「先生……」

と、団蔵の前に立って目を潤ませた。

「おれが誰かわかるのか……？」

団蔵の声もしっとりとしてきた。

「すぐにわかりました。あの日のままのご様子でございます……」

「いやいや、随分と老いたよ。そなたこそあの頃と変わっておらぬ」

「これはお戯れを……。訪ねてきてくださったのですね」

「うむ。もうよい歳になったゆえ、そなたの息災を見届けておきとうなってのう。兄弟子の娘御のお夏殿に連れてきてもろうたのじゃよ」

「それはようこそお越しくださいました。では、長右衛門様の娘さんでいらっしゃいますか？」

「あたしの父親のことを……」

お夏は声を弾ませた。

足柄山で、団蔵は会う人ごとに長右衛門の話をしていたらしい。

「先生からお聞きしておりました。一度、相模屋さんをお訪ねしとうございましたが、不躾《ぶしつけ》なことと思いまして、辛抱いたしました」

お六は恥ずかしそうに頰笑んだ。

娘のおさちと並ぶと姉妹のように若々しい。

「どうか、家でお寛《くつろ》ぎくださいませ。今日はもう店仕舞いにいたします」

お六はこれから家でもてなしたいと言う。

「いや、まだ昼を過ぎた頃じゃと申すに、それでは迷惑をかけてしまう」

団蔵は、一目会えて、幸せに暮らしていると知れただけでよいと断ったが、

「まだまだ話し足りません。何卒……」

と、お六は娘と二人で手を合わせた。

二人の背景にどんと佇む愛宕山が、実に神々しく映った。

五

お六はすぐに店を仕舞うと、おさちに買い物を頼み、お夏と団蔵を家へと誘った。

母娘が住む家は、そこからほど近い青龍寺の西にある瀟洒《しょうしゃ》な借家であった。時にここへ茶屋の近辺の小店《こだな》の主達を呼んで酒肴でもてなすのだ。女二人で商いをしていると、何かと心細いゆえ、周りの者達との付合いが大事なのだという。

お六は、娘のおさちが買い出してきた鯉を洗いにして、茄子の丸煮をこれに添え、さらに鯨《くじら》を濃いめの味付けで汁にした。

鯉は団蔵の好物で、山に暮らす彼のために鯨を仕入れたのは気が利いている。

「お夏さんは、料理屋さんをしているのでしょう。お恥ずかしいですよ」

お六は気後れがすると笑ったが、

「いえ、どれも好いお味ですよ。料理屋といってもうちは居酒屋で、大したものも出していませんで……」

お夏は頭を掻いた。

「小父さん、後で迎えに来ますからごゆっくり……」

と、お六の家には団蔵一人を行かせようと思ったのだが、お六に、

「是非ご一緒に……」

と乞われ、団蔵も自分一人では話が持たぬと、お夏を恨めしそうに見たので、お夏は相伴に与《あずか》ったが、万事控えめにしていた。

それでも、ここでの会話は、娘のおさちが闊達な様子で加わり、大いに弾んだ。

母親からは、父が亡くなって久しくなって後に、足柄山での思い出を聞かされていて、

「どんな人なのか一度会ってみたい」

と思っていたらしく、団蔵の山での暮らしについて、矢継ぎ早に訊ね、それに応える団蔵の話を、お六はいちいち相槌を打って懐かしそうに聞いていた。

隠しごとがなく、何ごともさばさばとした調子で話す母娘の姿が、お夏には心地よかった。

——おっ母さんが生きていてくれたら。

珍しくそんな郷愁が湧いた。

団蔵と別れて江戸へ戻ったお六は、男に対する見方が変わったという。

水茶屋の茶立女であった頃は、色気を売って暮らしていた。そんな女に言い寄る男が、それなりの身上《しんしょう》のある遊び人ばかりとなるのは当然のことであった。

遊び慣れた男を卑下するつもりはないし、中には好いたらしい男もいたが、誰に対しても、

――自分はもてあそばれている。

という想いに囚われた。

それが山で団蔵を見た時、

――このお方は、命がけで遊んでいる。

そんな感慨に襲われた。

山での暮らしを一生の修行と心に決めつつ、取り組み方に気負いがなく、自分で自分をふらふらにして、その滑稽さを笑いとばす――。

そんな団蔵を眺めていると、

――これこそが男だ。寄り添ってみたい。

お六の魂が叫んだ。

水茶屋の暮らしの中だけでしか男を見てこなかった自分を、お六は恥じた。

外へ目を向けると、色んな男がいた。

低いところから這《は》い上がろうと額に汗して働く男達の姿が見えてきた。

お六は、その中から物売りの男を選んだ。

その男は、水茶屋の女などには見向きもせずに働いていた。

とはいえ、

「どうせおれなど相手にされないさ」

などという僻《ひが》みもなく、相手が誰であろうが笑顔で話し、厳しく苦しい仕事のはずなのに、いつも楽しそうであった。

――この人に寄り添いたい。

お六はそう思った。

源内に付いて山へ行った時には、水茶屋を出て、手内職などをして暮らしていたお六は、やがてその男と一緒になり、二人で奮闘して掛茶屋を営むまでになった。

良人とは死別してしまったが、二人の間には娘がいて、それからは母娘仲よくやってこられた。

「それもこれも先生に会えたお蔭です」

と、お六は酒を注ぎながら、しみじみと礼を言った。

「お子さんは、おさちさんだけですか？」

お夏が頃合を見て訊ねた。

「はい。息子を授かれば、わたしもおさちも心強かったのですがねえ」

お六はふっと笑った。

「そのうちに、おさちさんがやさしい旦那さんと一緒になって、しっかりと支えてくれますよ」

お夏は力強く言葉をかけると、団蔵に頷いてみせた。

お六の話を聞く限りでは、彼女が男子を産んだ様子はないし、それを団蔵に隠しているとも考えられなかった。

団蔵は、ほっとしたような、少しばかり寂しいような表情となり、

「よかった……。本当によかった……。お六殿、この先も、幸せに暮らしてくだされ」

お六とおさちを代わる代わる見て頰笑んだのである。

そして、お夏と団蔵は、お六とおさちに名残を惜しまれつつ、夜になって帰路についた。

山での暮らしをおもしろおかしく話して、母娘を大いに楽しませた団蔵は、

「お嬢、すまなんだな。お蔭で胸がすく想いじゃ。おれも少しは人の役に立てたのじゃな」

終始上機嫌であった。

「お六さんは、今でも小父さんのことを想っていますよ。また訪ねたらどうなんです。その時は一人でね……」

「年寄りをからかうでない」

満更でもない団蔵の足取りは、浮かれているように見えた。

六

お六との再会を実に心地よく果した黒沢団蔵は、その二日後に、二人目の女・お軽《かる》の許へ意気揚々として向かった。

今度の目的地は、かつて大貫源内が町の顔役として暮らした、本所入江町の盛り場であった。

ここで酌婦をしていたお軽が、団蔵と別れた後に酒場を開いていると聞いていた。

「お軽は面白い女でのう」

団蔵は少し苦笑いを浮かべながら回想した。

お軽は、源内から団蔵の噂話を聞かされて、

「源内先生よりも強いのかい？　そいつは大したもんだ。あたしの用心棒になってくれないかねえ」

と、予てから興をそそられていたのだが、足柄山へは、

「やくざ者に追われて逃げてきたのじゃよ」

であったそうな。

とにかく鼻っ柱の強い女で、気に入らぬことがあると、相手がやくざの親分であっても、

「ふん、人のかすりを取って生きてるろくでなしが、偉そうにするんじゃあないよ！」

と、啖呵を切って、頭から酒をかけたりするのだ。

その時は、酔って絡んできた破落戸の横っ面をはたいたのだが、こ奴が性質《たち》の悪い男で、

「この尼、手前《てめえ》の顔をずたずたにしてやらあ！」

と激昂し、お軽を追い廻したのだ。

源内はお軽を匿ってやって、

「おれが話をつけておくから、お前はしばらく足柄山に行くがよい」

と、団蔵への文を認め持たせてやった。

「落ち着いたら迎えに行ってやるから、くれぐれも団蔵先生を困らせるなよ」

そしてそっと送り出し、破落戸と話をつけた。

源内は顔役であったが、決してやくざ者や、香具師といった連中の上前をはねるような真似はせず、入江町界隈で揉めごとが起こった時、それを収めに廻る役目を果すに止めていた。

力無き堅気の衆を守ってやったので、方々から心付がきて、悠々と暮らせたのだ。

お軽を山へ逃がすと、

「あのじゃじゃ馬は修業に出したゆえ、おれの顔に免じて許してやってくれ」

と、破落戸に掛け合ってやったのだ。かつてそ奴は、破落戸同士の諍いで命を狙われたのを、源内に助けてもらった過去があり、話はすんなりとついた。

それでもお軽を足柄山へ行かせたのは、あの跳ね返りに試練を与えてやろうと思ったからだ。

江戸からはさのみ遠くないとはいえ、女一人で足柄山へ行くのはなかなかに大変である。

そして、仙人が暮らす山の庵で過ごせば、今の自分を落ち着いて見直す好い機会になると見ていた。

「で、お軽さんはその時、いくつだったんです？」

「十八じゃった」

「勝気で男勝りで世間知らずで生きが好い。大変な娘を送り込まれましたねえ」

「ああ、源内め、おれを頼らず己の力で仕込めばよいというものを……」

「さぞかし、手こずったのでしょうね」

「いやいや、猪や熊に比べたらかわいいものじゃ……」

お夏の問いに、団蔵は楽しそうに応えた。

源内の思惑通り、お軽は足柄山の道中、泣き出したいほど不安な想いをしたらしい。

その頃も夏で、山中は寒いと聞いていたが、真夏ならかえって涼しかろうと、麓に着くやさっさと登ったのだが、山の天気は変わり易い。

いきなり雨に見舞われ、やっとのことで炭焼き小屋に逃げ込んだものの、着物が濡れ、冷たい風が吹き荒れ、なかなか外へ出られない。

やがて雨風が収まり、着物も乾くと、

――こんな汚い小屋にいても仕方がない。

そう思って庵を目指したものの、日はあっという間に暮れ、道に迷ってしまった。

気丈なお軽も、暗闇の中時折聞こえくる獣の咆哮《ほうこう》や、不気味な風のうねりに生きた心地がしなかったという。

そして夜明けとなって、やっとのことで団蔵の庵に駆け込んで来た時は、もう半泣きの状態であった。それでも強がって、

「お前さんが山の先生かい？　こんなところに住まなくても好いってもんだ！」

源内からもらった書付を、怒りながら手渡したものだ。

団蔵は源内からの文を一読すると、彼が自分に求めていることがよくわかった。

――又、面倒を持ち込みよって。

頭にはきたが、文を読む間にも、

「まったく、こんなところに来なくても、ほとぼりくらい冷ませたよ。ああ、寒いし、ひもじいし、虫に嚙まれるし、ひどい目に遭ったよ！」

団蔵に会えてほっとしたのか、悪態をつき続けるお軽がおもしろく、

「そう吠えるな。お前が破落戸の横っ面をはたいたりするからこうなったのだぞ。ここが気に食わぬのなら、おれはお前に何の恩も義理もないのだ。山を下りてどこへでも行くがよい」

からかうように言ってやると、

「ああそうかい。この薄情者が。こんなむさ苦しいところはごめんだよ。出ていってやるよ！」

お軽は啖呵を切って表へとび出した。

「これ！　行くのはよいがヤマカガシなどに気をつけろよ！」

「ヤマカガシ……」

お軽の足が止まった。

「毒蛇じゃよ」

団蔵は低い声で言うと、自らも外へ出て、籠に入れてあった蛇を、ひょいとお軽の足下へ投げてやった。

「ぎゃあーッ！」

お軽は絶叫して、庵の中に駆け込んだ。

「案ずるな、今のは毒がない。だが、気をつけぬとなかなか見分けがつかぬであろう。ひょっとして、ここへ来るまでの間にも、何度かお前の足下を、ヤマカガシが通ったかもしれぬのう。はッ、はッ、はッ……」

豪快に笑いとばす団蔵の前で、お軽は身を縮めて座り込んでしまった。

「まず、それでお軽の鼻っ柱をへし折ってやったのでな。後は何でも黙って言うことを聞くようになったというわけじゃな」

「江戸にいたってそれほど蛇は珍しくもありませんが、山にはとてつもなく大きなのがいますからねえ」

「お軽は蛇嫌いじゃと、文に書いてあったのじゃよ」

「お軽さんは文を盗み読みしなかったのですね」

「そういうところが妙に律義で気に入った」

お軽は源内から、

「先生は日々修行にいそしんでおいでだ。眺めているのはよいが、邪魔をするでないぞ」

と聞かされていたという。

そして源内から預ったという、お軽を匿うための賄いの金も素直に差し出したのだが、

「そんな物は要らぬ。ここでの暮らしに大して銭金はかからぬゆえにのう。それは、お前の嫁入りの時の足しにせい」

と、団蔵が突き返すと、

「先生、こむずかしいおやじかと思っていたら、好い人なんだね」

お軽はあどけない笑みを浮かべた。

粋がっていても、まだ小娘の面影が顔に残っている。

団蔵はおもしろくなってきて、

「腹が減ったであろう。これを食うか」

「何だいそれは？」

「熊の干し肉じゃ」

「熊……？」

「山でしか食えぬぞ」

「珍しい物なんだねえ」

お軽は一口食べて顔をしかめた。

「うまいか」

「まずいよ……」

「やはりまずいか」

団蔵はそう言うと、自分は朝から拵えた握り飯を美味そうに食べた。かつてお夏もこの手でよくからかわれたものだ。

「何だい！　ひどいじゃあないか！」

食ってかかるお軽であったが、怒りながらからからからと笑っていた。

お軽はすっかりと団蔵に懐いてしまった。

どんなに減らず口を叩いても、団蔵はさらりと受け流してくれる。そして悪戯を仕掛けてきて、笑わされる。

幼い頃に二親を亡くし、盛り場をうろつきながら生きてきたお軽は、身を守るために男共と戦ってここまできた。

生半な男勝りではかえって馬鹿にされる。

そう思ったので、死んだって構わないと肚《はら》を決めた。

すると、源内のようにおもしろがって、手を差し伸べてくれる男もいると気付かされた。

しかし、この黒沢団蔵ほどおかしな男は見たことがなかった。

どんなに泣き叫ぼうが、団蔵にかかると、猿廻しの猿のように操られてしまう。

それがまた何とも温かく、心地がよい。

「先生、こんな気持ちになったのは初めてだよ」

十日も経たぬうちにお軽は団蔵に、自分の心の内を告げた。

「先生は大したもんだよ」

団蔵の修行の様子を眺めていると、これまでの苦労など何ほどのものでもないと思えたし、

「あたしももっと強くなりたいねえ」

団蔵に武芸を教えてくれとせがむようになった。

「僅かな間に武芸など身につくものか」

団蔵はお軽を叱りつけながらも、江戸へ帰ってから何かの役に立つかもしれぬと、棍棒《こんぼう》で出来る小太刀の術や、拳で相手の急所を突く拳法、腕を取られたところから逃れるための柔術のこつを、暇を見て教えてやった。

そうするうちに、お軽は団蔵に〝強い父親〟を求め、それが恋心に変わっていった。

お軽の恋は激しい。

或る夜、着物を脱ぎ捨て、

「先生、抱いとくれ。逃げたら一生恨むよ！」

と言って、寝所に飛び込んできた。

団蔵は、かわいさが募り、お軽に言われるがまま、乞われるがまま一夜を共にした。

しかし、源内が頃やよしと足柄山へやって来ると、団蔵は、

「源内、お軽は大人になったぞ。連れて帰ってくれ」

やはりお軽を託して帰らせたのである。

「左様で……。もしや先生は、お軽を気に入って、このまま置いてくださるかと思うたのですが」

源内は残念そうにしたが、思いの外にお軽はさばさばとしていて、

「あたしは団蔵先生が好きだけど、先生の修行の邪魔はしたくないよ。ちょうど江戸が恋しくなってきたところだしねえ」

源内に付いて帰ると言った。

このまま団蔵の傍で暮らしたいと思ったが、団蔵の凄まじいまでの修行にかける執念を横で見ていると、

「あたしの考えが及ばないところに先生はいるからねえ……」

そのうちお軽は団蔵を好きになり過ぎて、自分と修行とどちらが大事なのかと、野暮を言うだろう。

そんなみっともないことはしたくないし、所詮は住む世界が違うお人だと、お軽は持ち前の負けん気で、

「黒沢団蔵を手込めにしてやったよ」

そう嘯いて山を下りた。

団蔵の許にいたのは一月ばかりであったが、お軽にとっては三年過ごしたような濃密な日々となったのである。

それから、江戸に戻ったお軽は、荒くれ相手の酒場を開いて、女だてらに男達を取り仕切り、弱い女達の守り神と謳われたらしい。

あの山の中で、団蔵という男を知り、どんな男も恐ろしくなくなったのだろう。

源内は死ぬ前に、

「あの時、お軽を無理にでも置いていけばよかったですよ」

と、文に認めてきたという。

お夏は団蔵の思い出話を聞くと、

「そいつは会うのが楽しみですよ」

実に興をそそられたが、勝気ゆえに男に縋りつけずに強がって生きていくお軽に、自分を見るような気がして、いささか切なさを覚えていた。

七

本所入江町の〝きんとき〟という酒場にお軽はいた。

お夏の居酒屋のように、気の利いた料理は出ない。豆腐か芋か大根を鍋で煮た一碗の他は、酒ばかりが出る店であった。

近所で聞いてみると、お軽は荒くれ達に囲まれて女王のように暮らしているが、未だに独り身でいるらしい。

お夏の見たところでは、その後もお軽は団蔵を慕い続けているのであろう。

〝きんとき〟という屋号は、足柄山をもじったのに違いない。そこからもお軽の想いが窺えるというものだ。

「だがなあお嬢、ちと胸騒ぎがするのう」

〝きんとき〟が近付くにつれて、団蔵の表情が、黒雲が出てきた空と同じく、曇り始めた。

「胸騒ぎ？」

「お軽は別れる時は、思いの外にあっさりとしていたのだが……」

庵を出る際、溜息をついて、

「あたしごときに先生の相手は務まらないから帰りますがねえ。江戸になど帰るな。

おれの傍にいろ、なんて言ってもらいたかったよ。あたしは自分の想いを遂げたかったら悔いはないが、あたしのためを思って帰れと言うのなら、先生は女の気持ちを知らない唐変木だ……」

そんな恨みごとを言った。

「おれに惚れてくれた分、お軽はずうっと、おれを恨んでいたのかもしれぬ」

一昨日のお六のように、にこやかには迎えてくれないかもしれないと、団蔵は不安なのだ。

「予《あらかじ》め、小父さんが会いに行くと伝えておいた方がよかったですかねえ」

「だが、そうすると、お軽は来るなと言うかもしれぬ」

「だから、こうするしかなかったのですよ」

破落戸に追われて、ほとぼりを冷ますために逃げ込んできた向こうみずな女――。

まだ成熟していなかった分、山での暮らしは胸躍る日々であったかもしれない。

さて、それがお軽の中で、どのように一生の思い出として消化されていることやら。

不安ではあるが、団蔵の心の内は青年のように浮き立ってもいた。

「ごめん……」

団蔵は、お夏に付き添われて店に入った。

まだ昼を過ぎたばかりというのに、店の入れ込みには、荒くれ達がたむろしていて、賑やかに酒を飲んでいた。

見慣れぬ二人が入って来たのが珍しいらしく、連中はじろじろと見てきたが、

「そんな風に、じろじろと見るもんじゃあないよ」

店の奥から貫禄十分の女が出て来て窘《たしな》めると、男達は頭を掻いて目をそらした。

団蔵は女をじっと見た。

この女がお軽であることは明らかだ。

「お軽……」

案に違わず、団蔵はその名を呼んだ。

お軽は時が止まったように、団蔵をまじまじと見て、その場に立ち竦んだ。

切れ長の目に、きりりと引き結ばれた口。

いかにも気の強そうな容姿に、どこかあどけなさが混在する、荒くれ達が好みそうな姐さん風である。

しかし、団蔵を見た途端、凛として引き締まったお軽の顔が、少女のように華や

ぎ、恥じらいが浮かんだのをお夏は見逃さなかった。

——この姐さんは、今でも黒沢団蔵に惚れている。

お夏がそう確信した時、お軽は怯《ひる》んでしまった自分を情けなく思ったのかもしれない。

「何だい、山の先生じゃあないか」

素っ気ない返事をした。

荒くれ達の前で、恰好をつけたかったのであろうか——。

「今さらあたしに何か用かい？」

そして噛みつくような物言いをした。

だが団蔵は、むしろそのようにこられた方が気が楽であった。

「ははは、覚えていてくれたとは嬉しいのう。お前のような跳ね返りが、無事に暮らしているか気になっていてな。老い先が短《みじこ》うなった今、この目で確かめておこうと思うたのじゃ」

いつもの調子が出た。

「そいつはご苦労さんでしたねえ。あたしもお前さんが、まだ生きている姿を見られて何よりだったよ」

「それなら訪ねた甲斐があった。ふふふ、口はばったいことを言って、とっくに殺されているかと思うたが、ここで見事に猛獣使いになっていたか」

「ふん、あんたこそ。口の悪い年寄りは早死にするよ。せいぜい気をつけるが好いさ」

そんなやり取りが続くと、店の荒くれ達がもぞもぞとし始めた。

彼らにとってお軽は女神であり、荒くれ同士の対立は、女神の存在によって収まってきた。

その女神に、いきなり入って来たおやじは、何ともぞんざいな口を利いている。

しかもおやじは、荒くれ達が知らぬ女神の昔を知っていて、やけに馴れ馴れしい。

お軽にとっては挨拶代わりの憎まれ口の応酬ではあろうが、それが荒くれ達には気に入らない。

そもそも何かあれば暴れてやろうと思っている連中である。

団蔵は小脇差を帯びただけの恰好をしている。

どこぞの浪人の隠居と見て、一斉に立ち上がって団蔵を睨みつけると、

「おい、そこの爺さん……。お前はお軽姐さんを、猛獣使いと言ったな。猛獣というのは、おれ達のことか？」

大男が脅すように言った。

「いかにも、さしずめお前は熊じゃのう」

「熊だと……」

お夏は思わず笑ってしまった。男は髭面の相撲取りのような体付きで、正しく熊であった。

「手前《てめえ》！　何がおかしいんだ！」

お夏は苦笑いを浮かべて、

「腹が立ったなら謝りますがねえ、この小父さんにとっては、誉め言葉なんですよう」

と、宥めるように応えた。

「誉め言葉だと……。そんならおれは何だ」

横合から固太りの男が言った。

「お前は猪というところじゃのう。その隣りのお前は身が軽そうで目付が悪いゆえ狐というところかのう……。後は皆、狸か山犬というところじゃな。ははは……」

荒くれ達は、何て奴だと顔を見合って怒り出した。

「姐さん、この野郎は何だい」

熊がお軽に問うた。

「あたしを昔、袖にした憎い男さ」

「何だって……。頭にくる野郎だぜ。店から叩き出して好いかい」

「好きにおしよ……」

お軽はニヤリと笑った。

お夏にはわかる。これがお軽の何よりの歓迎なのだ。

「許しが出たぜ……」

熊もまたニヤリと笑って、

「爺さんよう、怪我ァさせたくねえからよう、連れと一緒に出て行きな……」

団蔵ににじり寄った。

「ほう、老いぼれに情をかけるか、熊にしては悪うないのう」

そして団蔵もニヤリと笑った。

「痛い目を見てえのかい！」

「女！　お前も出て行きやがれ！」

熊が、団蔵を小突き、猪がお夏の腕を取らんとしたが、その刹那、どこをどうされたかわからぬうちに、熊と猪の体は床に叩きつけられていた。

それから少しの間、〝きんとき〟の内が騒がしくなったが、やがて静まりかえった店内には、呻き声をあげている荒くれ達が、累々と横たわっていた。

お軽は相変わらずニヤリと笑いながら、彼らを見廻すと、

「先生……、惚れ直しましたよ」

団蔵を見つめて大いに笑った。

「酷い奴じゃ。猛獣共をけしかけて、おれの腕試しをするとはのう」

「世の中にはとてつもなく強い者がいる。この連中もひとつ学んだということですよ」

そしてお軽は、惚れ惚れとした目をお夏に向けて、

「こちらのお連れさんは、もしかして、先生の兄弟子の娘さんで？」

「いかにも、お夏殿じゃよ」

「やはり左様で……。あたしよりも向こう意気の強い娘がいると聞いておりましたが、こいつはお見それいたしました」

ぺこりと頭を下げるお軽に、頃やよしと、

「あれからずうっと独りでいたのか？」

団蔵が問うた。

「ええ、そうですよう。先生の子がお腹に宿っていないかと楽しみにしていたのに……」

「言い寄る男は何人もいたであろう」

「星の数ほどいましたよ。でもねえ、何だか物足らなくてねえ。先生のせいですよう！」

お軽はさらりと恨みごとを言うと、楽しそうに笑った。

八

〝きんとき〟では、その後猛獣達が息を吹き返し手打ちの宴が開かれた。

「姐さんも人が悪いや」

「先生がこんなに強《つえ》えことを端から知っていたくせによう」

「まったくひでえ目に遭ったよ」

荒くれ達は口々に言って、団蔵とお夏に酒を注ぎに来たものだ。

「どうだい、恐れ入ったかい。これがあたしの好い人だよ」

お軽は終始上機嫌であったが、別れ際に団蔵に、

「先生、もう来ないでおくれよ。もう一度会いたいと思っていたが、会うと何やら胸が痛むよ」

そっと告げた。

「六十を過ぎた男には、何よりも嬉しい言葉だよ」

団蔵は照れ笑いを浮かべると、

「もうここには来ぬよ。だが、ここから逃げ出したくなったら、いつでもまた足柄山へ来るがよいぞ」

やさしくお軽の肩に手を置いてから、本所を後にしたのである。

お軽には子はいなかった。

「あと一人ですねえ」

「お嬢が付いてくれていると心丈夫じゃ」

「先生も、女のことになると、いつもの調子が出ませんか」

「情けないことじゃ」

「いえ、あたしは小父さんのそういうところを見られて嬉しくなってきましたよ」

「ふふふ、ならば江戸へ出てきた甲斐があった。もう一軒だけ頼んだよ」

「任せてくださいまし、次はおみちさんですね」

「思うに、おみちが誰よりも怪しい……」

「先生の子を産んでいるかもしれないと？」

「ああ、源内が思わせぶりなことを言ってからかうゆえ、気になっていたのじゃ」

おみちが、足柄山へ団蔵を訪ねてきたのは、お六、お軽とは少し事情が違う。

源内は、時折近所の浪人の子供に剣術を教えていた。

己が稽古場など持っていないので、近くの寺を借りた。

貧しい暮らしの中、子供を剣術道場に通わせてやることが出来ない者達のために、

「まず某などに習《なろ》うたとて大したものではないが、気休めにはなろう」

と、謝礼も取らずに始めたのだ。

おみちは剣客浪人の娘で、母親亡き後は父の立身を願って、身の回りの世話をしてきたのだが、父親は夢半ばにして病に倒れ、帰らぬ人となった。

残されたおみちは途方に暮れて、これから先をどう生きていこうかと思案中に、源内の稽古場の噂を知り、趣旨に感じ入り、

「わたしにお手伝いできることがございますれば……」

と、申し出た。

源内も気まぐれでしていたので、炊き出しを頼んだり、時におみちに指南を任せたりした。

剣客の父の許で、おみちは剣術を身に付けていた。子供に教えるくらいはわけもなかったのである。

「源内の奴め。己が妻に望めばよかったというものを、ある日、おれの庵へ連れてきたのじゃ」

気儘《きまま》に生きる源内もまた、妻を娶るつもりはなかった。

おみちは清楚で、芯の強い、良妻型の女であったが、それだけに源内は、一緒に

なれば窮屈だと思ったらしい。

ただ、二人でよく武芸談義に華を咲かせ、己が師・黒沢団蔵のことを何度も自慢気に話したようだ。

そのうちにおみちは、

「黒沢先生にお会いしとうございます」

と源内に乞い、二人は子供達の指南を人に頼み、足柄山へ出かけたのだ。

武芸指南など願うのは畏れ多いが、講話を賜りたいというおみちに、団蔵は当惑した。講話などという上等なものは持ち合わせていないからだ。

しかし熱意に負けて、

「まあとにかく、おれの鍛錬を見て、思うように学んでくれたらよろしい」

庵での逗留を認めたのだ。

源内が言うように、清楚で控えめで、真面目な女である。

お軽のように、寝所へ潜り込んでくるような真似はしないだろうと高を括っていた。ところが、口数少なくいつも黙って団蔵の鍛錬を見物して、庵の家事をこなしてきたおみちが、あと数日で江戸へ戻るとなった夜に、寝所へやって来て、

「この度の思い出に、お情けをちょうだいいたしとうございます」

と、手を突いた。

「ははは、からかうでない」

団蔵は受け流さんとしたが、

「何卒……。お願いいたします。命を賭してお頼みいたしております る」

おみちは真剣な目差しで迫ってきた。

「それじゃあ断れませんねえ」

お夏は笑った。さすがの団蔵も、さぞかしどぎまぎとして、おみちの願いに応えたことであろう。

「今思うとおかしいが、その時は何やら恐かったよ……」

それからおみちは三夜の間忍んできて、最後の夜が明けると江戸へ戻っていったという。

「はあ、わかりましたよ」

お夏はしかつめらしい表情となった。

「おみちさんは、先生の胤《たね》を宿したかったのでしょう」

「うむ。おれもそう思う。それゆえお嬢の文を読んだ時は、まずおみちの顔が浮かんだのじゃ」

以前から気にはなっていたが、その後、おみちからは一切便りもなく、源内も思わせぶりなことを言って先年亡くなった。

「それゆえこの折に、確かめに行ってもよいと思うてのう」

同じ行くなら、お六、お軽も訪ねてみようと思ったのである。

こうして、お夏は団蔵と一旦目黒へ戻ったのだが、この間、髪結の鶴吉と河瀬庄兵衛が、おみちの行方を調べていた。

二人共、かつて身を寄せた〝魂風《たまかぜ》一家〟の頭目・相模屋長右衛門の弟弟子である団蔵のためとあらば、骨身は惜しまない。

そして、居酒屋が終った頃となり、二人で店にやって来て、その日の成果を伝えたのだが、おみちは既に亡くなっていたという。

足柄山から江戸に戻って半年ばかり経った頃に、おみちはそれまで暮らしていた入江町の浪宅を出て、村瀬《むらせ》剛太郎《ごうたろう》という浪人に嫁いだ。

剛太郎は、一刀流の遣い手で近くの柳原町に住んでいた。

やがて、麻布四之橋の剣術道場に師範代として招かれ田島町に居を移したが、ほどなく武門の意地から木太刀での立合に臨み、勝利したものの怪我を負い、それが祟って亡くなった。

剛太郎とおみちの間には男子がいて、以後はおみちが懸命に育てたが、七年前におみちも流行病に冒され亡くなったのだ。

団蔵は嘆息した。

「左様か……。おみちは死んだか……。いやいや、苦労をかけてしまったな。忝し……」

そして、庄兵衛と鶴吉に頭を下げた。

「して、その倅というのは今……」

「村瀬殿が師範代を務めておられた道場で、内弟子となり、今では立派に師範代として修行をしておりますぞ」

「それは何よりじゃ」

庄兵衛から報されて、団蔵は満足そうに頷いた。すると横合から鶴吉が思い入れたっぷりに、

「団九郎《だんくろう》さんというのですがねえ。これが先生によく似ていなさるんでさあ」

と告げた。

団蔵はお夏と顔を見合った。

名が団九郎。団蔵によく似ている。

もしや、先日お夏が見かけた若い武士が、村瀬団九郎ではなかったかと思われたのだ。

麻布四之橋なら目黒からは遠くない。

目黒不動に用があって出かけたところ、ちょっとした騒ぎを起こしたのかもしれないではないか。

「もしかすると、先生の子かもしれませんねえ」

黙って聞いていた清次がぽつりと言った。

おみちは、息子連れで村瀬剛太郎と一緒になり、腕の立つ剛太郎に息子を鍛えてもらったのではなかろうか。

「もしそうだとすれば、会わぬ方がよいな」

団蔵は寂しそうに言った。

団九郎にとって、父は剛太郎である。

実の父だと思っているとすれば、尚さら会わない方がよかろう。

「いや、小父さん、会っておけば好いですよ。まだそうと知れたわけではありませんし、団九郎さんを見て、おみちさんがそれから励んだ様子を偲んであげたらどうなんです」

弱気になる団蔵など、今まで見たこともないお夏は会えと勧めた。

こういう時は、自分が力強く励ますことが大事だと心得ていた。

「うむ、わかった。すまぬが段取りを整えてくれまいか」

ここでも控えめな団蔵を見て、一同はほのぼのと頬笑んだのである。

九

村瀬団九郎が師範代を務める阿川《あがわ》道場は、お夏の居酒屋の常連で、今では盟友とも言える濱名茂十郎《しげじゅうろう》が、何度か出稽古に赴いているところであった。

元は定町廻り《じょうまちまわ》り同心。養子としていた兄の子・又七郎に役目を譲って若くして隠居をした茂十郎は、剣術三昧の暮らしを送っていて、麻布界隈の道場には顔が利く。

それゆえお夏は事情を話し、阿川師範に話をつけてもらい、黒沢団蔵が稽古を見物出来るよう段取ってもらった。

阿川も六十絡みで、茂十郎から団蔵の人となりを聞いて、

「御高覧を賜り、門人達に御指南くださりますれば幸いにござる」

喜んで迎えたのである。

お夏、清次、庄兵衛、鶴吉、さらに船漕ぎの八兵衛といった、相模屋長右衛門縁の仲間達も、そっと様子を窺うことを得た。

「村瀬団九郎でござりまする……」

二十歳を少し過ぎたところで、師範代を務めるまでとなった団九郎は、稽古場に出るや恭しく団蔵に挨拶をした。

お夏はその姿を見た時、大きく頷いてみせた。

正しく、先だって目黒不動で見かけた若者であった。

団九郎は団蔵と向き合った刹那、目の奥に動揺を浮かべているのがわかった。

俄に訪ねてきた老武士が、自分に似ていると感じただけでもないようだ。

「稽古を拝見仕る」

団蔵はにこやかに応えて、それから阿川道場の稽古が始まった。

団九郎は、実に軽快な動きで、若い門人達に稽古をつけていく。気負いがなく、団蔵に似た飄々とした風情もある。

その実力は、一人抜きん出ていて、団蔵は目を細くした。

やがて一頻《ひとしき》り見物すると、

「村瀬団九郎殿、実によい動きじゃ。立合の体の捌《さば》きは申し分がない。ほんの少しの間でよいゆえ、某と立合《たちお》うてくださらぬかな」

団蔵は立合稽古を所望した。

「わたくしこそ、一手御指南いただけますれば幸いにござりまする」

団九郎は喜び勇んで、面、籠手《こて》、胴を着けての稽古に臨んだ。

団蔵は気を遣わせてはなるまいと、自分も道具を着けて、いよいよ立合った。

我が子と竹刀を交じえているのかもしれぬ。

生涯妻を娶らぬと決めて生きてきた団蔵であったが、自ずと血が騒いだ。

「いざ！」

両者は竹刀を構えた。

年少の団九郎は、自分の方から技を仕掛け打ち込んでいく。

剣術達者の茂十郎、庄兵衛も目を細める巧者ぶりであったが、団蔵の技量はそれをはるかに上回っている。

技を次々に出させて、それをひょいひょいとかわし、団九郎の技が尽きたところに、

「もろうた！」

と、技を決め、道場の内を感嘆させたが、終りには、

「えいッ！」

と捨て身で打ち込む団九郎の面をしっかりと受け止め、

「うむ！　参った！」

と一本を譲り、

「ここまでに育ててくだされた親御を尊び、ますます励まれよ」

にこやかに声をかけるとすぐに道場を出た。

お夏は、もう好いのかと団蔵に目で告げたが、団蔵はこれで満足だと頷き返した。

「お見送りいたします」

しかし、団九郎は外まで一人で団蔵に付いて出た。

或いは阿川師範にそうさせてもらいたいと頼んだのかもしれない。

道場を出て、十間ばかり歩いたところで、

「お目にかかってすぐに黒沢団蔵先生とわかりました」

団九郎は、はにかみながら言った。

団蔵は言葉に詰まって、団九郎を見た。

「母が亡くなる少し前に、先生のお話を語ってくれました」

「左様か、黙っていてすまなんだな……」

団蔵がおみちについて何と語ればよいものか、ためらっていると、

「ほんに先生は、わたくしの亡き父によく似ておいででござります」

団九郎は意外な言葉を発した。

「そなたのお父上に……？」

「はい。母は若き頃に、足柄山で黒沢先生が修行をなされているところを見せていただき、先生を敬い慕ったと」

しかし、妻になれるわけもなく、江戸に戻ってしばらくすると、団蔵に実によく似た村瀬剛太郎と知り合い、夫婦となったのだと、恥じらいつつ伝えたという。

おみちは、夢半ばにして亡くなった父の想いを我が子に託さんとして、団蔵の子を宿そうとしたが、結局は胤を授からなかった。

しかし、その無念さを晴らしてくれて余りある剛太郎との出会いに恵まれたのだ。

団九郎は、団蔵によく似た剛太郎の子ゆえ、団蔵に似ていたわけだ。

おみちは団蔵の面影を終生忘れず、子に団九郎と名付け、団蔵の物言いを日頃から真似ていた。いつしかそれが息子にうつったと思われる。

村瀬団九郎もまた、団蔵の子ではなかったのだ。

しかし団蔵は、おみちの気持ちが嬉しかった。

「団九郎殿、某もおぬしを他人のようには思われぬ。いつか足柄山へ訪ねて来なされ。また、竹刀を交じえようぞ」

団蔵は、団九郎の肩をぽんと叩くと、豪快に笑って目黒へ戻った。

そしてその夜は、居酒屋で常連達と賑やかに一杯やり、店が仕舞ってからは、かつての兄弟子・長右衛門縁の者達としみじみと語らい、翌日となって、

「お嬢、清さん、世話になったのう。これで帰るとしよう」

そう告げると、あっさりと山へ帰ってしまった。

こういう時は引き止めても、いつの間にか姿を消してしまう団蔵である。

お夏はそれをよくわかっているだけに、

「そのうちあたしの方から訪ねますよ」

ニヤリと応えて別れたものだ。

そして団蔵は、六十を過ぎた老人とは思えぬ軽やかな足取りで、お夏と清次の前からたちまち姿を消してしまった。

何やら物足らなさを覚えていると、入れ違いに団九郎が居酒屋を訪ねてきた。

別れ際に、お夏が一度立ち寄ってくれるようにと告げていたのだ。

「先生はお帰りになりましたか。それは残念でした」

団九郎は肩を落したが、お夏は、

「団九郎が来たら、出してやってくれ」

と、言われていたのを思い出して、酒肴を勧めた後で、団蔵直伝の芋粥を拵えて出した。

団九郎はしげしげと碗を眺めていたが、やがて一口啜ると涙を浮かべた。

「これは長く食べておりませんでしたよ。母がよく拵えてくれましてね」

「左様で……」

お夏は、おみちに山の庵で芋粥を振舞う団蔵の姿をしばし思い浮かべると、

「あの先生は妙な人でねえ。いなくなってからつくづくと恋しくなるんですよ
……」

少し口惜しそうに言った。

第四話　酒と飯

一

かつて情を通じた三人の女達のその後を確かめんと、二年ぶりに江戸に出て来た黒沢団蔵は、その目的を果すとすぐにまた足柄山へ帰っていった。

以来、お夏は浮かぬ顔をしていた。

清次は黙って見ていたが、お夏の性質はよくわかっている。

団蔵と別れた二日後の昼下がり。

「山の先生の身に、何か起こるんじゃあねえか……。そう思っていなさるので?」

清次はお夏にそっと訊ねた。

お夏は神妙な面持ちで、

「どうも気になるんだよ……」

溜息交じりに言った。

団蔵は、お夏に会うと必ず、彼女の頬を軽く撫でて、

「もし目が見えぬようになっても、この手がそなたを覚えているぞ」

と言って頬笑むのが儀式のようになっていて、この度も別れ際に件の決まり文句を言って立ち去った。

「それがどうも、しっくりとこないのさ」

頬を撫でられた感触、言葉の響きにいつもと違う様子を覚えたというのだ。

「左様で……」

清次は包丁を持つ手を止めて、思い入れをした。

そう言われてみると、あの豪快無比な団蔵に、哀感が浮かんでいたような気がする。

河瀬庄兵衛、髪結鶴吉、船漕ぎ八兵衛……。相模屋長右衛門縁の者達を交じえて一杯やった時は、今までになく長右衛門との思い出話をしたものだ。

師・藤村念斎が病に臥せった時に、それを聞きつけて山へ押しかけてきた、山賊

紛いの武芸者達を長右衛門が討ち果したという武勇伝が、中でも興をそそられた。

長右衛門は生前、愛娘のお夏にさえも、修行中の逸話はほとんど語らなかった。

この話は、団蔵にも徒《いたずら》に喋るなと言っていたらしいが、

「今となってはもうよかろう」

と、語り聞かせたのだ。

山へ押しかけてきたという武芸者は、円城益五郎《えんじょうますごろう》といった。

果し合いで討ち果した相手が、実の弟と知り、以来山に籠ってしまった念斎であったが、三月《みつき》に一度だけ、小田原城下へ出て、領主である大久保《おおくぼ》家家中の者達に出稽古をすることになっていた。

そこで、益五郎に絡まれた。

物静かで、既に老境に入っていた念斎を、

「恐るるに足らず」

と思い、野仕合を申し込んだのだ。

念斎は端から相手にしなかった。

大久保家から出稽古を乞われている武芸者と仕合をすれば、箔が付くであろう。

それくらいの浅はかな考えで勝負を挑んできたのはわかっている。

「老いぼれを叩き伏せたとて、そなたの得にはなるまい」

軽くやり過ごした。

「そこを何卒……」

益五郎は尚も迫った。

念斎の物腰を見れば、只ならぬ腕の持ち主だと知れようものだが、それでもしつこく付きまとう。

こういうところからも、益五郎の底の浅さが見えてくる。

この時、長右衛門と団蔵は、念斎に付き添っていて、

「ならばわたしが……」

長右衛門が、相手になってやろうと前へ出んとしたが、念斎はこれを押し止めた。

長右衛門の腕をもってすれば、ただ一撃で倒してしまえるであろうが、まだ血気盛んな頃である。

相手の命を奪いかねないと思ったのだ。

このような相手のかわし方は、念斎くらいになればよく心得ている。

益五郎に己が未熟を思い知らせ、長右衛門に手本を示してやろうと考えて、

「それほど申されるなら、お相手仕ろう」

互いに持参していた木太刀を構えて対峙した。

しかしその途端、益五郎は蛇に睨まれた蛙のように動けなくなった。

益五郎とて、それなりに剣は修めているゆえ、相手にまったく隙がないのがわかるのだ。

出ようとしても出られない。

勇気を出して、ひとつ間を縮めると、念斎はぴたりと剣先を益五郎の喉元に突きつけ、打ち込む間合を与えない。

逆に念斎が前へ出ると、益五郎は間合を嫌って後退りするしかない。

その内に、どんどんと念斎に追い込まれ、気がつけば町角の板塀を背にしていて、進退窮まった。

「ええいッ！」

その時、念斎は裂帛《れっぱく》の気合を発して前へ出た。

益五郎は恐怖に戦き、体が固まってしまった。

念斎は、益五郎の木太刀を叩き落すと、

「まだ続けますかな」

ゆったりとした口調で言った。

「い、いえ……」

益五郎は、木太刀を拾いもせず、その場から駆け去った。

それ以来、円城益五郎の評判は地に落ち、彼が小田原城下に現れることはなかった。

その時の恥辱が、益五郎を荒《すさ》ませ、やがて彼は不良剣客を集めて悪事を働く、山賊紛いの無法者に変わっていったのだ。

そして、益五郎は藤村念斎への恨みを持ち続けた。

相手が敵わぬ腕の持ち主だと思うと、尚さら憎しみが募り、

「いつの日かきっと、恨み晴らさでおくものか……」

と、しつこく念斎の様子を窺っていた。

やがて念斎が病に臥せっているとの情報を得ると、ここぞとばかりに仲間を募って討ち果さんと山へ押し寄せた。

念斎には二人の弟子がいて、黒沢団蔵なる者はまだ弟子となって日が浅く、大したこともないが、長右衛門は藤村の姓を名乗っていて、なかなかに腕が立つとは聞き及んでいた。それでも益五郎は、

「数を恃《たの》みにかかれば大したこともあるまい。恐れるものではない」

と、高を括った。恨みつらみが高ずると、物ごとが冷静に見られなくなり、無謀に走ってしまうのかもしれない。

益五郎は五人の手下を集め、果し状を庵に届けたのである。

病床にあった念斎はこれを受けた。

長右衛門と団蔵は止めたが、

「武芸者として生きる者の、これが宿命《さだめ》よ」

と、病を押して、果し合いの地へ向かった。

しかし、益五郎が一人で来るはずがない。

長右衛門は師に付き添い、相手が助太刀を連れているなら、自分も助太刀をすると譲らなかった。

団蔵は庵に残るよう言われたが、納得出来ずに自分も付いていった。

場所は仙石原諏訪神社裏手の杉木立の中であった。

念斎は、とてもまともに立合える状態ではなかったが、気力をもって、堂々と立っていた。

しかし、益五郎は五人の手下を引き連れ、不敵な笑みを浮かべながら現れると、

「長右衛門と団蔵とやら、助太刀すると申すならお前達から先に殺してやる。命が惜しくば立ち去れ!」

と、恫喝した。

しかし、長右衛門は益五郎の言葉を聞いてこれ幸いと、

「先生、あのように申しておりますゆえ、わたしがまず露払いをいたしましょう。団蔵、先生のお傍を離れるなよ」

言うや、抜刀して斬り込んだ。連中は方々で悪事を働いているという。遠慮は要らぬ、斬って捨ててやろうと長右衛門は思っていた。

病を押して念斎は受けて立つつもりだ。ここはまず自分が動かねばならなかった。

相手は不意を衝かれてうろたえた。

「おのれ……」

手下達は長右衛門を迎え撃ったが、長右衛門は変幻自在に動き、たちまちのうちに二人を斬って捨てた。

さらに団蔵が、念斎に斬りかかった一人を返り討ちに斬り捨て、残る二人は長右衛門に斬り立てられて逃げ去った。

「ま、待て……！」

思わぬ展開に益五郎は正気を失い、自らも逃げ出そうとしたが、

「卑怯な！」

と、長右衛門が立ちはだかった。

益五郎は踵《きびす》を返して、さらに逃げんとした。

しかし、団蔵がそこに立ちはだかる。

「老いぼれ死ね！」

益五郎は苦しまぎれに、念斎に斬りかかった。すると念斎は僅かに体を右に開いたかと思うと、益五郎の胴を二つに割っていた。

こうして師弟三人は、円城一味との果し合いに勝利したのだが、念斎はこの時の無理が祟ったか、その五日後に帰らぬ人となったのである。

お夏達五人は、団蔵の話を聞いて、手に汗握る想いであったが、長右衛門にそのような武勇伝があったと初めて知り、感慨深かった。

「武芸者として生きる者の、これが宿命よ……。藤村念斎先生のあの日のお言葉が、今となって胸に沁《し》みる」

団蔵はそのように話を締め括ったのだが、今思えばお夏にはそれが引っかかってならないのである。

もしや、団蔵は今、亡師と同じ心境にあるのではなかろうか。

そう考えると、何かが身の回りに起こっていて、三人の女のその後を確かめておきたくなったのかもしれない。

お夏は、そんな胸騒ぎに襲われたのだ。

「三人の女に会い、自分の子を産んでいないか確かめるのも理由のひとつかもしれやせんが、先生はきっと、お嬢に会っておきたかったんでしょうよ」

清次が頬笑んだ。

お夏にはその言葉が、深く心に沁みいった。

「ちょいと行ってこようかねえ」

「あっしも参りやすよ」

「だが、店はどうする？」

「休みゃあ好いでしょう」

「うん……、そうだねえ。店をたたむわけじゃあないんだから」

「皆で行きやしょう。河庄《かわしょう》の旦那に鶴吉兄ィ、船漕ぎの八つぁん……」

「五人でかい」

「このところ五人でつるんでおりやせんから、ちょいと楽しみじゃあござんせんか」

「それもそうだね……」

お夏の表情が、たちまち華やいだ。

今年は梅雨の入りが遅いようだ。思い立ったが吉日と、お夏は店を空けて、明日にでも足柄山へ発つと決めたのである。

二

お夏と清次の行動は早い。

何度も修羅場を潜ってきた二人である。

いつでもすぐに動ける緊張感を常に保っていた。

その夕べには、この日も飽くことなく居酒屋へ集まってきた常連客達に、

「ちょいと昔馴染のお人に祝いごとがあってねえ、小田原まで行ってくるから、その間、店を休ませてもらうよ」

と、お夏が告げた。

「何だと……。店を休む？　いつまで行っているんだよう」

不動の龍五郎がまず不満を唱えた。

「いつまでと言われたって、そんなのわかるもんか」

「おれや皆の飯はどうなるんだ」

「しみったれた亭主みたいなことを言うんじゃあないよ。ここがなくなったとしても、そんなものはどうにかなるもんさ」

「酒や飯はどうにかなるが、心のうさの晴らしどころがねえと、皆、調子が出ねえってもんだろう」

「心のうさねえ……。へえ、親方はここで心のうさを晴らしていたのかい。そいつはどうも、毎度ありがとうございます」

「婆ァ、からかうのは止《よ》しやがれ」

「その間は、店を親方に預けておくから、好きにお使いな」

「おれに預けるだと？」

「ここへ食べ物を持ち寄って、親方が仕切れば好いさ」

「何でえそれは……」

龍五郎は顔をしかめたが、そういうのもたまにはおもしろいかもしれないと、心の内で思い始めた。

「店にある物は使ってくれたら好いから、我こそは料理自慢という旦那方が、清さんの代わりを務めておくれよ」

こう言われると、男達は少しばかり自分で拵えてみたいという気になってくる。

「よし、ならばわたしが、世にも珍しい料理を拵えてあげよう」

町医者の吉野安頓がすぐに名乗りをあげた。

「その珍しいってえのが、何やら恐ろしいや……」

如何物《いかもの》食いをさせられるのはごめんだと、客達は一斉に頭を振ったが、だんだんおもしろくなってきた。

常連の荒くれ達とて、女房子供がいる者がほとんどで、そもそも家で一杯やれば好いのだ。

とはいえ、男達はどこかで日頃のうさを吐き出したい。その場がお夏の居酒屋なのである。

お夏の毒舌が聞けない、清次の料理が食べられないのは辛いが、皆が持ち寄って一杯やるのも悪くはない。

「仕方がねえな……、そんなら婆ァ、早く帰ってくんな」

龍五郎も次第に上機嫌となった。

〝真光堂〟の後家・お春がいつの間にか女将に納まっているのではないか——。

そんな話も出てその場は盛り上がり、お夏と清次は後顧の憂いなく、七つ立ちで江戸を発ったのであった。

東海道を西へ進むと、河瀬庄兵衛、船漕ぎ八兵衛、髪結鶴吉が次々と合流した。

この三人もまた、お夏同様、団蔵に異変を覚えていたので、お夏からの急な招集に、しっかりと応えたものだ。

足柄山へは仙石原の関所を通らねばならないのだが、かつて藤村念斎は役人達を助け関所破りの凶賊を打ち倒したことが数度あった。そしてその功を称され、彼とその門人は、自由に関所の通行が許された。

お夏一行は、長右衛門が与えられていた手形をかざせば、難なく関所を通れることになっていた。

藤村念斎が死して後、長右衛門は江戸へ出て、小売酒屋〝相模屋〟を開き、ここを根城に人助けに生きた。

腕が立ち俠気にあふれた長右衛門の許には、彼の人柄に惚れ込んで、多くの男達が集ってきた。

皆、義俠を貫かんとするあまり、世の中から弾き飛ばされてしまった者ばかりで、長右衛門はそういう連中を酒屋で雇い、処のやくざ者達が一目置く〝相模屋〟を築きあげた。

お夏は、長右衛門とその女房・お豊《とよ》との間に生まれ、〝箱入り〟ならぬ〝筋金入り〟の娘として、長右衛門の人助けを手伝った。

子供の頃に二親を亡くし、盛り場でやくざ者の使いっ走りなどしていた清次も、酒屋の小僧として拾われた。

鶴吉は、あご付きの〝相模屋〟出入りの髪結となった。

河瀬庄兵衛は、師範代まで務めた一刀流の遣い手ながら、気に食わぬ旗本の子息を稽古で痛めつけて退転。それを見ていた長右衛門に声を掛けられ、意気投合して、店の書役となった。

八兵衛は腕利きの船頭であったが、非道な客と喧嘩をして職を失ったところを、長右衛門に呼ばれて、〝相模屋〟で力仕事に就いた。

以来、皆が長右衛門に武芸を教わり、その力をもって長右衛門の人助けに命を張った。

そして、お夏の母・お豊が、理不尽にも旗本の子息に無礼討ちにされるという悲劇に接し、長右衛門は〝魂風一家〟という裏の仕組を作った。

まず旗本の屋敷へ忍び込み、件の息子を殺害し、お豊の仇を討ったのだ。

それからは、旗本とつるんでいた悪徳商人の蔵を荒しまくり、さらなる仇討ちを続けた。

やがて長右衛門が病没すると、長右衛門の遺言通り、お夏は〝相模屋〟をたたみ、一家は散り散りとなった。

御政道の裏を生きてきた面々が、ほとぼりを冷ますためでもあり、盗み出した金を分け、それぞれがこの金を使って人助けに生きてくれるようにと告げて別れたのだ。

しかし、その後達者に暮らした者達は、生死を共にした仲間ともう一度一緒に義俠に生きたい気持ちを、ずっと持ち続けていた。

やがて、お夏と清次が目黒に居酒屋を開くと、鶴吉が動いて、庄兵衛、八兵衛を引き合わせた。

あの日、お豊殺害に関わった、中間《ちゅうげん》と武士が見つかったからだ。

二人はお豊殺害の一件の後、旗本屋敷から姿を消していたのだが、武士は千住《せんじゅ》の市蔵《いちぞう》という悪名高き香具師の元締となっていて、中間はその下で中谷屋《なかたにや》歳二郎《としじろう》となり、悪事に手を染めていた。

再びお夏の許に集まったかつての仲間は、お夏を助け歳二郎を闇に葬り、千住一家との凄絶な戦いを制して、長右衛門の無念を晴らした。

そしてそれからは、時にお夏の人助けを手伝いつつ顔を合わせるという、彼らにとっては平和な日々が続いていた。

しかし、お夏も清次も毎年歳を重ねていく。

長右衛門仕込みの武芸の腕が、日に日に衰えているのではないかという、不安を覚えていた。

それは、庄兵衛、鶴吉、八兵衛も同じで、いつかは身に付いた武芸も満足に使えなくなるものだと覚悟はしながらも、

――まだまだ捨てたものではない。

という感触を摑んでいたかった。

この五人で、とてつもなく強い相手に戦いを挑む。

そんな想いが、心のどこかに蠢《うごめ》いているのだ。

好い歳をして、何をはしゃいでいるのだ――。

それぞれが自制をしていただけに、

「団蔵の小父さんが気になるんだよ」

と、お夏に言われると、大喜びで武芸者一行に姿を改め、足柄山へ向かったものだ。

もしかして、またこの五人で一暴れ出来るかもしれない。

年甲斐もなく体が疼《うず》き、五人で旅に出られることに浮かれていた。

そして、誰よりもお夏の足取りが軽かった。

この五人で遠くへ出ると、

「お嬢」

と呼ばれていた頃の自分に戻れた。

時折は、客が引いた後の居酒屋に集まることがあっても、落ち着いた大人の会話に終始していた。

それが今日は、こうして五人でいると、娘の頃の思い出が次々に蘇ってきた。

「そういえば、〝相模屋〟の近くに、口の悪い小母さんがやっている居酒屋があったよね」

「ああ……、そういえばあった。確か、おひでという小母さんだ」

八兵衛が懐かしそうに言った。

おひでは、若い衆をぽんぽんと小気味よく叱りつけるので知られていた。清次と鶴吉はそれが面倒で、あまり店には行かなかったが、庄兵衛と八兵衛は、時折長右衛門に連れられて一杯やりに行った。

お夏が長右衛門を迎えに行くと、

「おや、男勝りのお出ましだよ。長さん、そろそろお帰りよ」

おひでは決まってそう言って、店仕舞いを始めるのだ。

「確かにあの小母さんは口が悪かったが、気の好い女将だったな」

「八つぁんの言う通りだ。今のお嬢に比べると、おひでさんの口の悪さなど、やさしいもんだ」

庄兵衛が笑った。

「ひょっとして、お嬢はあのおひで小母さんを真似ていなさるのかい」

鶴吉が続けた。

「そんなことは考えてもみなかったよ。でも居酒屋を始めてから、知らず知らずのうちに、おひで小母さんを真似ていたのかもしれないねえ」

お夏は、あの日の自分と今の自分を、瞼の裏で見つめ直して、道中感慨に浸った。

父を迎えに行きつつ、お夏は夜を知った。

夜は四季折々で、色も匂いも肌触りも違う。時には血と汗と涙に濡れることを知ったのだ。

「昔話をするようになったらおしまいだねえ」

からからと笑いながらも、お夏は思い出話に華を咲かせ調子よく歩みを進めた。

平塚の宿で一泊、その後は小田原で一泊。

翌朝、無事に関所を通り、一気に足柄山へ。

足柄山は、金時山から箱根山へ連なる山々の総称で、黒沢団蔵が住む庵は、金時山の中腹にあった。

この辺りは言わずと知れた坂田金時縁の地である。

金時は源頼光四天王の一人で、大江山の酒呑童子退治に功をあげたと言われている伝説の武将だが、山に籠って修行をするには、なかなかに趣のある地といえる。

お夏は長右衛門に連れられ、清次はお夏に連れられ、庵には何度か訪れていたので、ここへ来るのは随分と久しぶりであったものの、迷うことなく庵を見つけられた。

鬼岩の上にある頑丈な造りの百姓家風。

間違いなく団蔵の庵であった。

「ここが山の先生の庵か……」

「長右衛門の旦那が修行をしたところでもあるんですねえ」

「一度来てみたかったんだが、やっと願いが叶ったよ」

庄兵衛、鶴吉、八兵衛は感慨深げに庵を眺めていたが、いきなり訪ねて来たことを団蔵は叱るであろうかと、お夏はそれが気になっていた。

「さて、気を引き締めていくとしよう……」

団蔵の身に何かが起きているかもしれないのだ。

仲間達との楽しい道中も、ここで一旦仕切り直しであると、一同は四肢に力を込め、鬼岩を踏み越えて、庵を覗いた。

出入りの木戸は開け放たれているが、団蔵の姿は見当らなかった。

――しかし、誰かが潜んでいる。

お夏は殺気を覚えた。

その想いは他の四人も一緒であった。

まだまだ自分も鈍ってはいない。

五人は満足を覚えつつ、それぞれ得物に手をやった。

その時、天井からさっと影が落ちてきた。五人が身構えると、

「何じゃいきなり」

影が目を丸くした。その正体は黒沢団蔵であった。

三

「なるほど、おれの身に何か起こるのではないかと気になって来てくれたか」

黒沢団蔵は、お夏一行を迎え入れると、呆れたように言ったが、すぐに思い当って、

「これはいささか、喋り過ぎたようじゃのう」

苦笑いを浮かべた。

藤村念斎が、長右衛門、団蔵の助太刀を得て、円城益五郎を討ち果した話を延々と語り、

「武芸者として生きる者の、これが宿命よ」

亡師の言葉を懐かしめば、団蔵が今、同じ状況の中にいるのではないかと、お夏

達が思ったとて仕方があるまい。

気が置けぬ者達と語り合い、つい感傷に浸ってしまったと、団蔵は嘆息した。

「いえ、よくぞ話してくださいました」

お夏はしんみりとした口調で言った。

「お蔭で、久しぶりに五人が揃いましたよ」

「だが、わざわざ来るまでもなかったのじゃ」

「あたしとしては、来た甲斐がありましたよ。小父さん、誰かと一戦交じえるつもりなんでしょう」

「う〜む……」

お夏達が訪ねて来た時、団蔵は天井の梁《はり》に身を潜めていた。

これは敵襲を見越しての心得であったが、いきなりすとんと天井から下りてきたのだ。

「何も心配はいらぬ」

と、他ならぬお夏一行には言えまい。

「小父さん、あたし達も雁首揃えて江戸からやって来たんだ。すぐには帰りませんよ。何が起こっているのか話しておくんなさいまし……」

お夏にじっと見つめられると、是非もなかった。

「ははは、これは話すしかあるまいの。実はのう、お嬢、そなたの言う通り、おれは近々一戦交じえるつもりでいるのじゃ」

「やはり左様で。相手は何者なんです」

「円城縁の悪党よ」

「円城益五郎……？　藤村先生に返り討ちにされた……」

「いかにも、その倅のようじゃ」

「親の仇を討とうってんですか？」

「であろうのう。ふふふ、殊勝なことではないか……」

団蔵が江戸に現れる数日前。

渓谷へ水遊びに出かけた団蔵は、不審な二人連れを見かけた。

姿は武芸者風ではあるが、団蔵の目から見ると、山立《やまだち》の類に映った。

山立にもいくつかの種類がある。

山で道に迷った者に巧みに近寄り、身ぐるみを剝ぐ者。また、山間《やまあい》の村々や麓の町で強盗に入り、その後山へ逃げ込む者……。

「この辺りは、お宝を隠すにはちょうど好いかもしれねえな」

「関所をすり抜けて山へ運ぶのは骨が折れるが、山に慣れたら身を守り易いぜ」

繁みの中から、そっと様子を窺っていた団蔵は、二人の話から、こ奴らは山へ逃げ込みここを根城にせんと企む一党であると見た。

――ここを巣にせんとしているのか。何ともふざけた奴らじゃ。

団蔵は、すぐにでも二人を捕えてやろうと思ったのだが、そうするとこ奴らの親玉は姿を現すまい。

少し泳がせて様子を見ようと考えた。

ひとまず二人の立廻り先を突き止めておこうと、密かにあとをつけたところ、二人は諏訪神社にほど近い百姓家に入っていった。

そこは長らく空き家になっていたはずだが、どうやら伝手を頼って連中が借り受けているらしい。

百姓家は、剣術道場のような趣に手が加えられていて、木戸門の柱には、〝新当流剣術指南〟という木札が、申し訳程度にぶら下がっている。

〝新当流〟は、団蔵の師・藤村念斎が、かつて修めた剣術流派であった。

山の武芸者として関所の役人からも認められている団蔵でさえ、剣術指南などとは謳っていない。

だが、看板があれば、むくつけき荒武者が出入りしても怪しまれまいと考えているのに違いなかろう。

その考えが実に浅はかではないか。

天下の大盗というほどのものではなかろう。

だがそれだけに、手口も荒っぽく悪辣《あくらつ》な賊なのかもしれない。

――よし、覚えたぞ。

と、一旦その場を離れ、庵に戻ったのだが、翌朝になって、団蔵は庵の周りに漂う邪気を覚えた。

猛獣の類ではない。人間が庵を窺っているようだ。正体を確かめてやろうと、団蔵はまるで気付いていないふりをして、外へ出て伸びをした。

この間も気は張り詰めていて、曲者がどこから襲ってくるか、考えを巡らせた。

懐の内には、用心のための棒手裏剣が二本。

丸腰であるが、身近には物干し竿と、竹箒がある。

邪気の正体は二人と見た。いざとなればこれを手に十分戦える。

団蔵はそれから井戸で体を拭いたが、襲ってくる様子はない。

やがて邪気を放つ二人の影は、遠ざかっていった。

そうなれば、次は団蔵の番だ。

影を求めてそっと動いた。

熊笹の繁みが音を立てていた。

見事に忍んだつもりでも、団蔵の目は欺けない。

探りつつ繁みを進むと、人影がはっきり見えた。

何ということであろうか。昨日、渓谷で見かけたあの二人組であった。

こ奴らは、足柄山一帯を根城にせんとしているばかりではなく、団蔵の動向を探っていたらしい。

団蔵は、件の百姓家に先廻りして、床下に忍び入り、こ奴らが何を企んでいるのか探ったところ、やがて帰ってきた二人が、

「あの爺ィが、お頭の親父様の仇なのか」

「間違いねえや。奴は黒沢団蔵といって、長いことあの庵に住んでいるらしい」

「あんな爺ィに殺《や》られちまうとは、益五郎のお頭も不覚をとったな」

「馬鹿野郎、あの爺ィにだって若え頃《わけ》はあったのさ」

「違《ちげ》えねえや……」

「益五郎のお頭を斬った、藤村念斎という武芸者は、その後すぐに死んじまって、弟子の一人は山を出て行方が知れねえそうだぜ」

「てことは、仇といえるのは、あの爺ィだけか」

「お頭も、ひとまず奴を殺して、供養としておきてえのだろうよ」

「おれ達二人でことが足りるぜ」

「いや、お頭の手で殺さねえと供養にならねえ。それに、老いぼれとはいえ、なかなか腕が立つみてえだぜ」

「若え頃《わけ》は……、だろ」

「へへへ、とにかくお頭を呼びに、おれは一旦ここを出るぜ」

「おれは居残りかい？　勘弁してくれよ。こんなところで一人で十日ばかり待っているのはごめんだぜ」

「だが、爺ィを見張っておかねえとよう」

「どこへも行きゃあしねえよ。山に暮らし山に死ぬ……。爺ィはいつもそう言っているらしいぜ。出かけたところで、またすぐに帰ってくるさ」

「まあ、おれ達もここへはほとぼりを冷ましに来ているわけでもねえしな。そんなら二人で行くか。爺ィの居処は確かめたんだ。お頭も怒りはしねえだろう」

そこまで聞けば十分であった。

団蔵は二人に気付かれることなく床下から這い出て庵に戻ったのであった。

四

因果は巡る。

身から出た錆とはいえ、円城益五郎は、藤村念斎に野仕合で軽くあしらわれ、武芸者としての名声は地に落ち、悪事に走った。

――藤村念斎さえいなければ、おれは立派に武芸一筋で生きていけたのだ。

益五郎とて、武芸者として大成出来なかった自分を、恥じ入る想いは残っていたのであろう。

念斎を恨むことでそれを心の内から打ち払わんとしたのに違いない。

そして、病によってまともに動かれぬ念斎を、卑怯な手を使って討たんとしたが、返り討ちに遭い、命を失った。

思えば哀れな男であった。

益五郎の忘れ形見は、念斎にこだわって、武芸者になれなかった亡父の無念を思うと、やり切れなかったのに違いない。

それにしても、益五郎に息子がいて、これが山立の頭目になっているとは驚きであった。

あの日。

益五郎一党と斬り結んだ時、敵わぬと見て逃げ去った二人がいたが、

「或いは、益五郎の子供のために生き長らえ、その息子を、二代目の頭目に仕立てたのかもしれぬのう」

団蔵は、やり切れぬ想いにかられたと言う。

父親が転落したことで、自分も山立の頭目となり、団蔵のような老人を討ち取ら

ねば気が晴れぬというのは悲しいことだ。

表向きは、武芸者の顔で果し合いを望み、あの日、念斎を討ち果さんとした、同じ手口でくるのであろう。

となれば、団蔵も受けて立つしかないし、連中に後れをとるつもりはない。

老いぼれ一人を討ち取るなど雑作もないと考えているのだろうが、

――親と同じく思い知らせてやる。

受けて立つ限りは、こちらも死を覚悟して刀を揮うばかりである。

とはいえ、連中も今度は、確実に団蔵を討ち取るべく、十分な備えをしてくるに違いない。

存分に戦ってやるが、多勢に無勢となるのは必定。

これが身の宿命かと思えば仕方ないが、武芸者として生きてきた自分にとっては、晩年になって、こういう機会が巡ってきたのは、むしろ喜ぶべきかもしれない。

もうすぐ自分は死ぬと捉えて、成さぬままになっていることをやり遂げようと、すぐに気持ちを切り替えたのだ。

「お蔭で江戸へ出て、昔わけありであった女達に会いに行く、踏ん切りがついたというわけじゃ」

団蔵は先日の出府について、改めてその意味を告げると、

「もちろん、お嬢達にも会《お》うておきたかったのじゃがのう……」

照れ笑いを浮かべた。

「そうならそうと言ってくだされればよかったんですよう」

お夏はやれやれという表情を浮かべた。

「これはおれの因縁ゆえにのう、皆を巻き込みとうはなかったのじゃ」

「小父さんの因縁？　円城益五郎との果し合いには、あたしのお父っさんも加わっていたんでしょう。益五郎の息子が出てくるのなら、あたしも出ていきますよ。言っておきますけどねえ、ここにいる五人は皆、長右衛門から武芸を教わっているのですよ。ということは、皆、藤村先生の孫弟子にあたるわけで、小父さん一人に任せてもおけませんよ」

お夏と共に、清次、庄兵衛、鶴吉、八兵衛は、しかつめらしい顔をして頷いた。

藤村念斎による武芸の系譜が、ここにいる六人を結びつけているのだ。

一同は、深く思い入れをした。

武芸だけではなかろう。

学問、歌舞音曲の類に至るまで、術《わざ》には先人の想いが込められていて、それにまつわる因縁さえも後に続く者が受け継いでいくべきものなのだ。

ましてや、術の系譜に傷をつけんとする邪な干渉には、一門の者達が手を取り合って立ち向かわねばなるまい。

長右衛門の薫陶を受けたお夏達も、四十絡み、五十絡みとなった。

この先は思い出の中で暮らす日が、自ずと増えよう。

その思い出を汚されるのならば、

「小父さん、あたし達も最後の戦いを挑みますよ」

お夏の気合は充実していた。

江戸からの道中、五人が話し合ったのはこのことであった。

それで命を落したとしても、

——人はいつか死ぬ。必ず死ぬ。となれば、これも自分らしい死に様ではないか。

得心出来る自分でありたかった。

「お嬢の言う通りじゃのう。奴らも必勝を期してかかってくるであろう。この五人が助太刀をしてくれるのはありがたい。よくぞ来てくれたのう。年寄りを侮ると痛い目を見ると、思い知らせてやろうではないか。但し、おれとしては、できうる限りは助太刀を恃まず、この手で円城の息子と相対したい。そこは汲んでくれ」

団蔵は神妙な面持ちで想いを告げた。

既に息子は五十絡みとなっているはずだ。どうせろくでもない山立であろう。しかし、悪人であっても親を想い、仇を取ってやろうという心意気は、認めてやりたい。

奴が奴の系譜にのっとって、団蔵に戦いを挑むなら、正々堂々と正面から受けて立つのが礼儀であると団蔵は思っているのだ。

「よくわかりました。先生の邪魔はいたしませんよ」

お夏達五人は、団蔵の露払いに徹すると誓った。

「それで、小父さんが見かけた賊の二人は、戻っているのですか」

「いや、まだのようじゃが、そろそろやって来るはずじゃ」

二人の話から察するに、円城一味の頭目に会いに行くのは、往復で十日ばかりかかるようだ。

その間に江戸で用を済ませ戻ってきた団蔵は、さっそく件の百姓家を見張ったが、それらしき者達の姿は見かけなかったという。

「それはようございましたよ」

お夏は不敵に笑った。

「まったくで。こっちの方から仕掛けてやりましょうぜ」

鶴吉が身を乗り出した。

たちまち〝魂風一家〟の面々の五体に力が漲り、双眸《そうぼう》がらんらんと光り始めた。

五

対決までの間、梅雨の訪れは待ってもらいたい。

お夏、清次、河瀬庄兵衛、鶴吉、八兵衛はそれを心に祈りつつ、すぐに動いた。

お夏は近在の村から、団蔵の庵の台所仕事を手伝いに来ている、百姓の後家風に身形を改めて、主に庵で過ごす。

男四人は、木樵《きこり》姿となり、団蔵が近くに用意した小さな小屋で寝起きすることとなった。

そうして、合図は山犬の鳴き声とし、いざとなれば団蔵の周りに集まるよう手はずを整えた。

山犬の鳴き真似は、長右衛門に仕込まれた。

〝魂風一家〟としての忍び働きの折は、鳥獣の鳴き声が合図であり、鳴き声によって動きを変えられるよう、皆それぞれが会得していた。

そして、互いの動きと居処を確かめ合うと、五人は散らばって、団蔵が突き止めた、円城一味の棲家を見張った。

時折、雨がちらついてきたが、まだ本降りにはならなかった。

「おれも歳には逆らえねえや……」

鶴吉は、地蔵堂の陰で雨宿りをする体で、そこから棲家を見張っていたが、相棒の清次にふっとこぼした。

「兄ィだけじゃあねえよ」

清次も苦笑いで応えた。

若い頃は、雨の中で勤めをすると、心が浮き立ったものだ。

「嵐がこようが、おれはびくともしねえや」

と気合が入り、戦いを有利に進められるだけの自信に溢れていたものだ。

それが近頃は、濡れると体が辛くなる。水を吸った着物は重くなり、体が冷えると疲れ易くなって、雨がうっとうしくなるのだ。

「だが鶴吉兄ィ、おれ達は雨を味方にする術を誰よりも知っているじゃあねえか」

「うん、そうだな……」

雨が降れば夜に笠を被っても、頰被りをしても怪しまれにくい。

敵から逃れた時は、相手の気力も弱まり、注意が散漫になるゆえ、身を隠し易い。

それで数々の危機を乗り越えてきた。

あの日を思えば、こんな小雨など〝恵みの雨〟と言えよう。

「清さん……。お前は本当にありがてえ男だよ」

「兄ィ、何を言い出すんだい」

「長右衛門の旦那が亡くなってから、おれ達はずっとお嬢が気になっていたが、お前がいつも黙ってお嬢の傍に付いていてくれることが、どれだけ心強かったかしれねえ」

「嬉しいことを言ってくれるが、おれはしてえようにさせてもらっているだけさ」

「そうかい……」

小声で話しつつ、二人は言葉にしみじみと想いを込めていた。

清次はまだ子供の頃に長右衛門に拾われた。

肉親の情を知らぬまま、盛り場をうろついていたのだが、あの時に〝相模屋〟で暮らしていなかったら、今頃はどんな荒んだことになっていただろう。

そして、荒くれ男達の中にいて、自分を実の弟のようにかわいがってくれたお夏が、どれほど恃みになったかしれない。

お夏は今でも時折、

「清さん、あんたがいつも傍にいてくれて、あたしは大助かりだけど、思えば清さんをがんじ搦《がら》めにしてしまったねえ。許しておくれよ」

と、清次に詫びる。

「あっしは、手前《てめえ》のしたいようにさせてもらっているだけですよ。お嬢から離れたら、あっしはもう心細くてかないやせん……」

そんな時は、決まってこう応えるのだが、お夏とそんな話をしていると、えも言われぬ幸せな想いになるのだ。

「それで、お嬢は目黒の居酒屋をいつまで続けていくつもりなんだい？」

「そいつはまだ何も聞いちゃあいねえが、あすこにも、随分と長く居ついてしまったかもしれねえな」

「お嬢もそう言っているのかい？」

「ああ、そんな風なことを、近頃よく話すようになったよ」

「そろそろ新しい町へ移ったらどうだい。縁が濃くなりゃあ、かえって人助けがしにくくなることもあるぜ」

「兄ィの言う通りだな。他人のことは詮索しねえのが店の決まりとはいえ、長く付合えば、何もかも知りたくなるのが人情だからねえ」

「新たな町へ行くなら、おれもその近くに行くよ」

「そいつは心強いや」

「河庄の旦那だって同じ想いだろうし、八つぁんだって……」

庄兵衛は、お夏の助けになればと、目黒不動門前に浪宅を構えていた。

八兵衛は、日本橋の船宿で船頭を務めているが、近頃は、

「おれも目黒近くの船宿に鞍替えをしてえと思っているのさ」

などと、かつての仲間と、付かず離れずでいて、時に長右衛門の遺志を継ぎ、皆寄り集まって人助けが出来れば、これほどのことはないと鶴吉に漏らしているのだ。

「新しい町か……。お嬢に話してみるよ」

清次が大きく頷いた時、

「わぉ～ん……。わぉ～ん……」

と、山犬の声が響いた。

これは八兵衛の鳴き真似だ。

庄兵衛と二人で棲家へ続く道を、炭焼き小屋の陰から見張っているのだが、どうやら動きがあったらしい。

清次と鶴吉は、賊の棲家へと近寄り、繁みの中へ、蓑と笠を着け、そっと出入りを見張った。

すると、まず二人組の武芸者風の男が家の中へと入っていった。

そして、約半刻（約一時間）後に三人組が、さらにそれから一刻後に、立派な武芸の師範風の武士が、門人五人を引き連れてやって来た。

歳の頃は五十絡み。編笠を被り、薄物の袖無し羽織に伊賀袴。腰には武張った両刀をたばさみ、堂々たる様子である。

どうやらこれが、円城益五郎の息子で、山立の頭目のようだ。

頭目は、先に入っていた五人に出迎えられつつ、家の中へと消えた。

棲家はそれなりに大きな造りではあるが、

「あれだけ入れば窮屈であろうな」

と、いつしか清次と鶴吉の傍へ来ていた庄兵衛が呟くように言った。

ともかく、団蔵に危機が迫っていた。

しかし、〝魂風一家〟の男達四人の意気は、山へ来て以来、何よりの盛り上がりを見せていたのであった。

六

清次と鶴吉は、そのまま円城一味の棲家に張り付いて様子を窺った。

庄兵衛、八兵衛は、ひとまず先に、黒沢団蔵の庵に戻った。

「そうかい。いよいよやって来たのかい」

団蔵は落ち着き払っていた。

「で、おぬしの目から見て、連中は腕が立ちそうか」

「いや、それほどの腕とは思えませぬが、侮ってはいけませぬ……」

庄兵衛は静かに応えた。

「左様か、助太刀の者は連れているであろうな」

「いかにも」

「だが、それほどの腕とも思われぬのであれば、おれ一人で十分じゃ。手出しは無用にのう」

「十人連れてきておりますが」

「助太刀を頼もう……」

「小父さん、そうこないといけません」

「だがお嬢、小細工は弄しとうない」

「ええ、それは小父さんの名にかかわりますから。堂々と戦って、相手が卑怯な手を使った時に、あたし達が露払いをいたしましょう」

「うむ、そうしてくれるか」

「まず、相手の出方を待つとしましょう」

「相わかった」

「あたしは庵に残ります。河庄の旦那、ここは一旦、引いてくださいまし」

「心得た。八つぁん、ひとまず隠れるとしよう」

「合点だ」

木樵姿の庄兵衛と八兵衛は、庵を出て円城一味の目を逃れて、小屋に身を潜め、そこで清次、鶴吉と合流したのである。

翌日の昼。

お夏が台所の下働きをしに来ている後家を装い、芋粥を炊いていると、どこぞの武芸者の門人かという風情の男が一人で訪ねてきて、

「黒沢団蔵殿でござるな。某は、新当流・豊嶋宗次《とよしまそうじ》と申す者にござる」

と、名乗りをあげた。

団蔵はいよいよ来たかと居住まいを正し、

「いかにも黒沢団蔵でござるが、何用にござるかな」

素知らぬ顔で応えたが、笑いを堪えていた。

豊嶋宗次と名乗った男は、あの日庵をそっと窺っていた二人組の一人で、

「……こんなところで一人で十日ばかり待っているのはごめんだぜ」

と、泣き言を言っていた方であった。

新当流・豊嶋宗次と大仰に名乗る様子は、噴飯ものである。今日は身形もこざっぱりして、山立の風情を隠しているが、いかめしく名乗りをあげる様子は、物言いもたどたどしく、いかにも俄武芸者というところだ。

「我が武芸の師・円城敬吾《けいご》先生から、これをお届けするようにと、仰せつかった次第にござる」

宗次は、一通の書状を団蔵が座す薦敷《こもじき》の床の框に差し出した。

円城益五郎の息子は、敬吾というらしい。

目を通すまでもなかったが、さっと一読すると、それは果し状であった。

「某と果し合いをしたいと……」

団蔵は、少しうろたえる仕草をしてみせた。

隅に控えるお夏も、恐れ戦いて声も出ないという様子を繕った。

これに勇を得たか、宗次は胸を張り、

「某はこれを届けるようにと仰せつかっただけのことゆえ、仔細は知りませぬ」

威丈高に言った。

「はて、円城敬吾殿は、何ゆえこの老いぼれ相手に果し合いをお望みでござるかな」

「その名に覚えがござろう。先生の御父上・円城益五郎先生は、そなたの師・藤村念斎殿と果し合いに及ばれ、無念の御最期……」

「随分と昔の話じゃが、そのようなこともあった。だが、あれは果し合いの名を借りた、騙し討ちじゃった。それゆえ先生は、止むをえず返り討ちになされたのじゃ」

「騙し討ちとは聞き捨てならぬ。その折、黒沢殿は助太刀をなされたはず」

「いかにも」

「藤村殿亡き今は、黒沢殿に相手を務めてもらいたいと、円城先生は仰せなのだ」

「某を討ち果し、せめて親の供養にしたいと申されるか」

「さて、仔細は知らぬが、そのようなところでござろう」

「たわけたことじゃ」

「問答無用。どうあってでも受けてもらうとのお言伝《ことづ》てでござる」

「断れば……」

「武門の意地をもって、ここへ押し寄せ、きっと討ち果すつもりでおられよう」

「是非もないか」

「助太刀は御随意にとのことでござる」

「約定は明朝。集まるはずもない。それが狙いか。これはまともな果し合いとは言えまい」

「果し状、確かにお届けいたした」

宗次は、取り付く島もなく言い捨てると、庵から立ち去った。

この間、腰を抜かしたように座り込んでいたお夏が、すっくと立ち上がった。

「小父さんの読み通りでしたね」

「おれのような名も無き者を討ち果したとて、何の得にもなるまいに」

団蔵の物言いも、いつもの落ち着いた様子に戻っていた。

「山立の頭目として、手下に好いところを見せておきたいのでしょう」

「己が強さを誇りたいと？　たわけた話じゃ」

「誰かを血祭にあげることで、士気を高めて、自分の威光を示す……」

「ふふふ、頭が悪いのも親譲りか」

「因果ですねえ」

「いかにも。ははは……」

「ふふふふ……」

お夏は団蔵と笑い合った。

今の豊嶋宗次の話しぶり、立居振舞を見ても、武芸者の品格はまったく見受けられなかった。

勝てると見た相手を、おもしろ尽くで殺戮する、真にむごたらしい連中ではないか。

「小父さん、奴らは小父さんが逃げないか、周りで見張っているでしょうねえ」

「いかにも、そこはお嬢の読み通りというわけじゃな」

「飯炊き婆ァさんは、腰を抜かさんばかりに家へ帰らせていただきますよ」

そうして、清次、庄兵衛、鶴吉、八兵衛に繋ぎをとるのだ。

雨が降ってきた。

老境に入った身ゆえ、雨に打たれての決闘は避けたいと、お夏もまた思っていた。

しかし今、お夏の心の内には、雨に返り血を洗い流しながら戦う自分の姿が浮かんできて、激しく闘志が昂揚していた。

雨は本降りとなったが、お夏は女笠を被ると、迷わず表へ出て、見送る団蔵に大きく頷いた。

しっかりと頷き返す団蔵の表情が、たちまち引き締まった。

お夏の気合の充実が乗り移ったかのようである。

いつか自分にも死が訪れる。

それが戦いによって討ち死にを遂げるものか、兄弟子・長右衛門のように、思いがけず病に冒され、あえなく永眠するものか、そのどちらかであろうとは思ってきた。

だがそれは、実に漠然たる想いで、六十を過ぎたというのに我がことのようには捉えられなかった。

渓谷で宗次達を見つけた時も、どこか夢を見ているような心地になっていた気がする。

それでも団蔵は、自分は明日をも知れぬ身であると覚悟を持って江戸へ出て、思い残すことがないよう、女達を訪ね、我が子の有無を確かめた。

そうして再び足柄山に戻ったが、これが最後の決闘となるはずなのに、気合が入らず虚無に陥った。

ところが、お夏達の出現によって、生への執着が突如として湧いてきた。

戦いに勝利して、その喜びを分かち合いたい相手がいる。

そう思うだけで、気合が充実してきたのであった。

お夏はしばし団蔵を見つめると、木戸を閉め、雨の山へ姿を消した。

七

翌朝。黒沢団蔵は、昨日お夏が拵えてくれた焼きおにぎりで腹を充たすと、しばしの間、黙想をした。

自分に武芸の手ほどきをしてくれた藤村念斎、弟のようにかわいがってくれた長右衛門。

今は亡き二人の魂を引き寄せ、手甲、脚絆《きゃはん》、脛当て、頭には陣鉢巻。腰には大小を差し、さらに棒手裏剣と九寸の鉄扇を添えた。

「何やら照れくさいのう」

武芸者然とした姿で、果し合いに臨むのは、思えば四十年ほど前に、師の助太刀に向かった時以来ではなかったか。

そんなことを考えると、命のやり取りに出かけるというのに、つい笑みを浮かべてしまうのが団蔵の身上であろう。

外は、しとしとと雨が降っている。

昨日、一旦止んだと思えば、また朝から降ってきていた。

昨日のお夏がそうであったように、雨が団蔵の士気を高めてくれた。

団蔵は、お夏達の前では平然としていたし、円城一味など高が知れていると余裕を見せていたが、決して敵を侮ってはいなかった。

助太刀を十人率いていると、庄兵衛達は報せてくれた。

これは思った以上の数であった。

お夏達が露払いをしてくれるゆえ心強いが、連中は悪党一味である。

今日に向けて、さらに助っ人を用意しているかもしれないし、高が知れていると思えど、真の腕のほどは戦ってみねばわからない。

敬吾以下、武芸は未熟であっても、人殺しには長《た》けているかもしれないのだ。

――危ない、危ない。

お夏は、敬吾達の目を欺き、仲間と共に伏兵となって団蔵に加勢しようとしている。

その狙いに狂いはなかろうが、何しろ冷静になって策を練る間が十分になかった。

ゆえに、お夏達にとっても、出たとこ勝負になるのは否めない。

だがそのような状況で、今の自分達がどれだけの力を発揮出来るか――。

危険と知りつつ、一方ではそれを楽しんでいる節がある。

――真に命知らずめらが。

兄弟子・長右衛門の血脈が、ここに受け継がれていると思うと、団蔵も楽しく、また嬉しくもなるが、お夏達五人の中にも、死者が出ないとも限らない。

――いずれにせよ、おれがしっかりいたさねばなるまい。

団蔵は、五感を研ぎ澄まし、五体に力を漲らせた。

「よし」

編笠を被り外へ出ると、草叢がさざめくのを覚えた。

円城一味の者が、団蔵が逃げぬか見張っていたのであろう。

——御苦労なことよ。

されるがままにしておこう。

「いざ！」

団蔵はひとつ叫んだ。

己に気合を入れるための咆哮であり、お夏達に出陣を報せる合図でもあった。

六十を過ぎた団蔵の、どこにこれだけの力があるのだろうか。

山に響き渡る野太い声は、

「我こそが足柄山の王ぞ！」

と、知らしめているかのようである。

その刹那、団蔵に向けられていた殺気が、はたと静まった。

円城一味の者も、身が引き締まる想いとなったらしい。

団蔵は、しっかりとした足取りで、果し合いの場へ向かった。

場所は、あの日、藤村念斎が円城益五郎を討ち果した、仙石原諏訪神社裏手の杉木立の中であった。

刻限は朝の四つ（午前十時頃）。

とりわけ大きな杉が目印である。

それもあの日と同じであった。

団蔵が到着すると、既に円城敬吾はそこに立っていた。

五十絡みとなった益五郎の忘れ形見は、当時の父親よりも歳をとっているわけだが、

――おお、益五郎によく似ている。

若かった団蔵にとって、円城一味との果し合いの記憶は、頭の中に焼き付いていた。

――一期は夢、か。

そのような感慨が団蔵を襲った。

「黒沢団蔵、よくぞ参ったのう」

敬吾は、勝ち誇ったように言った。

小癪な奴めと思ったが、団蔵は怒りに我を忘れる男ではない。

「おぬしが円城益五郎の忘れ形見か。ははは、気の毒なことじゃのう」

いつもの調子でからかうように言った。

「何が気の毒じゃ」

敬吾は気色ばんだ。

山立の頭目を務めるうちに、歯向かう者は叩き潰すというのが、自ずと彼の流儀になったのであろう。

「人でなしの父親を持ったがために、山立の頭になり、こんなところにまで、仇討ちに参らねばならぬ。それが気の毒じゃと申すのじゃよ」

「ほざくな！」

敬吾は吠えた。

「あの日、親父殿を殺した藤村念斎の弟子が、未だに足柄山にいると耳にすれば黙ってはおられぬ。おぬしこそ、悪い師を持ったものじゃのう」

「言葉を慎め。我が師は毛筋ほども悪いことはしておらぬ。さあ、早《はよ》うすませよう」

「早うはすまさぬ。じっくりと料理をしてやるぞ」

そう言うと、敬吾は手をかざした。

たちまち杉木立の中に、十人ばかりの助太刀の衆が現れた。

さらに、団蔵の背後から五人が現れた。

この五人は、団蔵の庵を張っていた連中が、合流したと思われる。

団蔵が恐れていたことが現実となった。

敬吾はさらに五人の手下を動かしていたのである。

――これはいかぬ。

敬吾の両脇に二人ずつ四人。

背後の五人の中央にいる一人。

この五人は、団蔵の目から見てなかなかに遣うようだ。

手練れを五人、これに荒くれを十人付けて、必勝の陣を築いた敬吾の執念は恐るべきか。

「ほう。老いぼれ一人を倒すために、随分と大層なお出ましじゃのう」

「獅子は小虫を食わんとしてもまず勢をなす……。と申すではないか」

「獅子は助太刀など頼まぬ。己が力をもって獲物を倒すものじゃ」

「己が持てる力を余さず出す。おれも獅子も同じことよ」

「なるほど、おぬしは卑怯という言葉を知らぬらしい」

団蔵は大きな窮地に立たされているにも拘《かか》わらず、敬吾とのやり取りに、ますます気合が充実していた。

お夏達は、今この時も野に伏し、加勢の間合を窺っているのであろうが、これだけの敵を相手にすれば、もしや命を落す者も出てくるかもしれない。

それが気がかりではあるが、

――かくなる上は、斬って斬って斬りまくってやる。

「卑怯だと？　そんな言葉は、己が弱さを認めぬたわけが考えた、言い訳よ」

敬吾は己が言葉に酔っていた。

「慈悲も情けも要らぬ。それが勝つということか」

「いかにも」

「もはや話し疲れた。ならば、勝負と参ろう！」

団蔵は言うや、いきなり背後の敵に襲いかかった。

中央にいる手練れをまず狙ったのだ。

老いぼれ一人を嬲り殺すと思っていたそ奴は、不意を衝かれた。

何よりも、老いぼれの動きはまるで読めぬほど、変幻の妙を極めていた。

油断していた分、己が動きが一瞬遅れたのである。

「おのれ……！」

それでも咄嗟に抜き合わせたのは、団蔵の目に狂いのない、なかなかの遣い手である。

しかし、団蔵は容赦のない一刀をすくい上げるように放った。

背後のそ奴の右腕が、刀を摑んだまま宙に飛んだ。

この一撃に、残る背後の四人は総毛立った。

「怯むな！」

驚いたのは、敬吾以下、正面の十人も同じであったが、気を取り直して背を向けた団蔵にかからんとして、一斉に抜刀した。ここでお夏、清次、鶴吉が敬吾の背後から、庄兵衛、八兵衛が、団蔵と対する四人の背後から伏兵となって呼応した。

お夏達は五人共に、手甲、脚絆、脛当てを着けた武芸者の装い。

若衆髷《わかしゆまげ》に結い直した男装のお夏は、特に目を引いた。

五人は脇差のみを差し、手には二尺五寸の細い鉄棒を携えていた。

かつて藤村念斎が、持ち手に紐を巻いた特製の杖で、山に賊が出たと聞くと、これを得物として打ち倒したものだ。

「黒沢先生！　助太刀いたす！」

庄兵衛の年季の入った掛け声が響くと、五人はこの鉄棒で、片っ端から円城一味を叩き伏せた。

庄兵衛は、たちまち二人の足を打ち、肋《あばら》を砕き地に這わす。

うろたえる二人に八兵衛も背中から一撃をくれ、逃げ出さんとする一人の襟首を摑むと、怪力で傍らの杉の幹へぶつけた。

背後の敵を片付けると、団蔵は敬吾に対峙して、つつッとにじり寄った。

堪らず敬吾は後退り、両脇の二人が団蔵にかからんとしたが、庄兵衛と八兵衛が鉄棒で打ちかかり、露払いをした。

他の八人も、背後から現れた、お夏、清次、鶴吉に、まず三人が倒され、既に五人になっていた。

「まさか……」

敬吾は迫り来る団蔵に刀を振り廻しながら、正気を失っていた。

ここへ来てからも、団蔵の動きは調べていたはずであったが、いきなりどこから
このような助っ人が湧いて出たものか。

しかも、何れも戦いに慣れた手練れ揃いである。

五人と見たが、それ以上いるようにも思われる。

団蔵は、八兵衛がやり合っていた手練れの一人を、敬吾にかかると見せかけて襲い、足を斬った。

どうっと倒れるそ奴の右手を、八兵衛は鉄棒で打ち据え、刀を握れぬようにした上で、お夏、清次、鶴吉の加勢に廻った。

その時、既に庄兵衛は敬吾の左脇の一人の面を打ち、昏倒させていた。

こうなると、お夏達五人の相手は残り五人。

この五人も、お夏達の猛攻を受けて、既に手負いであった。

お夏は団蔵に目配せをして、

「さあ……」

と、唸った。

団蔵はこれに応えて、

「円城敬吾、改めて果し合いと参ろう」

と、さらに迫った。

「ま、待て……」

「待たぬ。おぬしが申し込んだ果し合いじゃ。我が助太刀は手を出さぬ。尋常に勝負をいたせ」

「じ、慈悲も情けも……ないと申すか……」

「それが勝つということじゃ」

団蔵は、敬吾の言葉をそのまま返し、有無を言わさず間合を詰めた。

「ならば勝負してやろう……」

敬吾は、間合を嫌って飛び下がった。

決して剣の筋は悪くない。ふざけて新当流と名乗っているが、何れかの剣術をそれなりに修めたと見える。

だが、所詮は山立の習いごとに過ぎない。

果し合いなどという真剣勝負を軽々しく相手に強いて、嬲り殺しにしてやろうなどという者に、武芸の極意など得られるはずもないのだ。

敬吾は、間合を詰めるふりをして、いきなり棒手裏剣を団蔵に投げつけ、これを団蔵がかわす隙を狙って、捨て身の突きを入れんとしたが、団蔵はこの一刀を叩き落し、逆に敬吾の胴を串刺しにした。

敬吾は声もなくその場に倒れ、息絶えた。

「お見事……」

お夏が団蔵の傍へ寄って称えた。

この時には、敬吾の助太刀十五人が、身動き出来ずに方々でのたうっていた。

お夏が腰の脇差を抜いて、

「さあ、一人一人止めを刺そうかねえ」

と言うと、清次、庄兵衛、鶴吉、八兵衛も頷いてこれに倣った。

「ご、ご勘弁を……」

一味の者達は、その場で伏し拝んだ。

団蔵はお夏達の無事を見てとり、ほっと息をつくと、一味の者達を見廻して、

「行け！　残った力を振り絞って、どこへでも行くがよい」

よく通る声で言った。

「ま、真でござるか……」

泣きそうな声で応えたのは、豊嶋宗次であった。

彼は敬吾の真後ろにいて、団蔵にかからんとしたのだが、俄に現れたお夏に胴を打たれ、息が出来ず蹲《うずくま》っていた。

「おれの果し合いの相手は、円城敬吾一人。円城父子の命を奪った供養に、逃がしてやる。但し、二度と非道な真似はするでないぞ」

団蔵が語りかけると、どこにそれだけの力が残っていたのかと思う勢いで、一味の者達は散り散りに逃げ去ったのであった。

八

円城一味は壊滅した。

円城敬吾は、一気に黒沢団蔵を倒し、果し合いにて討ち果したと届けるつもりであったのであろう。

百姓家を形ばかりとはいえ、道場に仕立てたのであるから、それも叶うと思ったに違いない。

団蔵を殺し、二人ほどを残し、一味の者はすぐに散り散りにさせ、団蔵亡き足柄山で、表の顔は武芸者として、山立の棲家を築かんとしたわけだ。

だが、十五人もの手下が、団蔵の助太刀五人に打ち倒されたのである。

いくら山間の出来ごととはいえ、周囲には関所もある。これは騒ぎとなった。

十五人は算を乱して逃げたが、片腕を斬り落された者、頭から血を流している者、体のあちこちをお化けのように腫れあがらせている者達は目立ってしまう。

無事逃げた者もいるが、何人かは役人に捕えられ、盗賊の一味と知れて厳罰に処せられたそうな。

団蔵には、円城敬吾から届けられた果し状がある。

相手に大勢の助太刀がいると知りながら、勝負に臨み、見事相手を討ち果し、助太刀の衆を斬らなかったのは、役人達の称賛を受けたものだが、お夏がその詳細を知るのは、もう少し後のことになる。

「ここは、わたしが残ってことの処理にあたるゆえ、皆は先に帰ってくれ」

武士である河瀬庄兵衛が、団蔵に寄り添い、お夏、清次、鶴吉、八兵衛は、先に江戸へ向かったのであった。

その際、お夏は団蔵に、

「小父さん、これで足柄山での修行は、一旦終りにして、この先は江戸で兄弟子の娘を見守ってやっておくんなさいまし」

と、強く迫った。

「お嬢、おれを気遣《きづこ》うてくれるのはありがたいが、これから先はますます老いぼれていくおれが、そなたを見守るなどとはおこがましい話じゃ。おれには山が似合《にお》うておる」

団蔵は、お夏が思った通りの返事をしたが、お夏は引き下がらなかった。

「円城の一味の者の何人かは、逃げ延びたはず。二度と悪いことをするなと言われたところで、皆が守るとは思えませんよ。そうしてまた、山に仕返しにくるかもしれません」

「それは江戸にいたとて同じことじゃ」

「いえ、近くにあたし達がいれば、互いに安心できますよ」

「おれへの助太刀はもうよい」

「そんなわけにはいきません。その度に足柄山へ来るのはごめんですから」

「お嬢、もうよいのじゃ……」

「よくはありませんよ。うちのお父っさんが生きていれば、いつかは首に縄をつけてでも、小父さんを江戸に連れていったはず。娘のあたしが黙ってはいられませんよ」

こう言われると、団蔵は言葉に窮した。

「江戸にだって、ちょっとばかり足を延ばせば、ここによく似た景色はありますよ。小父さんが来ないと言うなら、あたしがここへ来なければならない。でも、あたしも婆ァになっちまいましたからねえ、この辺りで江戸へ来るってことで手を打ってもらえませんかねえ」

団蔵は、言葉を探すうちに涙目になってきた。

お夏はどこまでも、自分は身内であり、団蔵の老後の面倒を見るのは当然だと思っている。

お夏が敵の助太刀を殺さなかったのは、彼女らしい情によるものだが、残党を作ることで、連中の誰かが仕返しに来るかもしれないという危機をわざと作ったともいえる。

「小父さんを、こんな危ないところへは置いてゆけない」

という名分が出来るからだ。

「まあ、色々と後の始末もあるでしょう。すぐにとは言いませんが、河庄の旦那が残ってお手伝いをすると言ってくれていますから、あれこれすんだら二人で江戸へ出てきてくださいな」

お夏は有無を言わさず、たたみかけてくる。

何とありがたい〝身内〟であろうか。

「だいたい今度だって、あたし達がいなかったら、一筋縄ではいきませんでしたよ。相手は十六人ですからねえ。正々堂々と果し合いの場に出向く、なんてことはできませんからね。地の利を生かして、一人一人不意討ちにしていくつもりだったんでしょうが、いくら小父さんだって、そいつは骨が折れますよ……」

言われてみればその通りであった。

山立ごときに後れはとるまい。そうは思ってみても、奇策が求められる。これを一人でこなすのは至難の業であり、お夏達の露払いがなければ、武芸者として正々堂々と、果し合いの地に臨めなかったはずだ。

江戸へ行けば終始付き添ってくれて、帰ればその身を案じて訪ねてくる。身内というのは真に困ったものだ――。

「お嬢、わかった。いささか手間取るかもしれぬが、庄兵衛殿を一人では帰さぬよ……」

団蔵はついに、お夏の軍門に降った。

「それはようございました。お父っさんもきっと喜んでくれますよ」

お夏も安堵で言葉を詰まらせた。

「それにしても……、おれほど幸せな年寄りはおらぬよ……」

団蔵は、堪え切れずに涙を流した。

老いぼれたと思われたとてよい。

一緒にいる時に、泣いたり笑ったり、遠慮なく出来るのが身内というものではないか。

そして自分には、血は繫がっておらずとも、武芸と義俠で深く繫がっている身内がいるのだ。涙を流したとて、何も恥ずかしいことはない……。

「小父さん、まだまだ老け込むつもりはありませんがねえ、年寄り同士寄り添って、若い連中に助けてもらいながら、楽しく生きていこうじゃありませんか」

柄にもないことを言ったと、お夏は照れて、泣き笑いをした。

この日も雨が、屋根や庇《ひさし》を賑やかに叩いていたが、心の内は五月晴れの、お夏と団蔵であった。

九

その数日後。

お夏は、清次、鶴吉、八兵衛と共に江戸へ旅立った。

朝から五月晴れで、このまま梅雨が終るのではないかという爽やかな朝であった。

快調に東海道を下り、道中、品川に立ち寄って、親交のある香具師の元締・牛頭の五郎蔵を、彼の住処《すみか》である旅籠《はたご》〝さくらや〟に訪ね、老人の無聊《ぶりょう》を慰めた。大喜びの五郎蔵の歓待を受け、その日はここに泊まり、翌日は五郎蔵の乾分・榎《えのき》の利三郎《りさぶろう》が主を務める高輪南町の料理屋〝えのき〟の料理に舌鼓を打った。

　束の間であったが、お夏にとっては仲間と過ごす、久しぶりの波乱とときめきに充ちた、安らぎの一時であった。

　ここで鶴吉と八兵衛と、近い再会を期して別れると、お夏と清次はいよいよ目黒へ戻った。

「さて、清さん、どうするかねえ」

「そろそろ目黒を出ようかって話ですかい」

「うん……」

「縁が濃くなりゃあ、かえって人助けがしにくくなることもある……。鶴吉兄ィがそんな風に言っておりやしたよ」

「そうなんだよ」

「新しい町で、皆が寄り集まって暮らす、それも好いかもしれやせんねえ」

「いっそ、そうするかい？」

「そうするべきだとは思いますが……。すっかりと居心地がよくなって困りますよ」

語り合うお夏と清次は、やがて行人坂を上っていた。

時分は日の暮れにさしかかろうとしていた。

夕陽に染まる坂道を行くと、お夏は我が家に戻ってきた安堵からであろうか、えも言われぬ郷愁に襲われた。

無言でいるが、清次も同じ想いのようで、綻んだ口許に哀愁が浮かんでいた。

二人が黙って坂を上り切ると、居酒屋には既に明かりが灯っていて、賑やかな男達の声が聞こえてきた。

「先生、こいつはちょいと味が濃過ぎますぜ」

文句を言っているのは政吉である。

「濃けりゃあ薄めりゃあ好いだろうが。つべこべ言わずに食え」

叱りつけているのは龍五郎だ。

今日は、医者の吉野安頓が料理人を務めて、軍鶏鍋を拵えているらしい。

「よし！　出汁《だし》を薄めてやろう」

「先生、そいつは入れ過ぎですぜ」

「政、お前が入れろ！　先生、もうそれくれえにしねえと……」

お夏と清次は呆れ顔でしばしその懐かしい騒ぎを眺めていたが、すぐに龍五郎に見つかった。

「何だ帰ってきたのかい？　婆ァ、もっと早く帰ってこねえか。見ろ、この様だぜ。清さん、ちょいと味を見てくれよ……」

たちまち龍五郎の周りに常連達が集まって、二人を拝むように見た。

お夏は、いつものしかめっ面になると、

「うるさいよ！　旅から帰ってきたばかりなんだよ。少しは疲れを癒すような労いはないのかねえ……。はいはい、邪魔だよ、お退《ど》きよ！」

荒くれ達を叱りつけたが、その顔は笑っていた。

「清さん、もうしばらくここに居るかい」

「へい。そういたしやしょう」

「まったく仕方がないねえ……」

お夏は溜息交じりに告げると、縄暖簾を潜った。

店の表には、〝酒　飯〟とだけ染め抜かれた幟《のぼり》が、夏の風にゆったりとなびいていた。

この作品は書き下ろしです。

幻冬舎時代小説文庫

●最新刊
小梅のとっちめ灸
(六)さらばの灸
金子成人

恋仲だった清七の死の謎を追う小梅はついに真相に辿り着こうとしていた。そんな折、奉行・鳥居耀蔵から出療治の依頼が。小梅はある決意を胸に灸据所を後にして……。シリーズ堂々完結!

●最新刊
刃の叫び
はぐれ武士・松永九郎兵衛
小杉健治

浪人の九郎兵衛は幕府の御用商人・権太夫の仲介で大目付と面会し、ある者を殺すよう頼まれた。妹を救ってくれた権太夫への恩義から引き受けるが、次第に幕府内の権力闘争に巻き込まれ……。

●最新刊
姫と剣士 四
佐々木裕一

尊王攘夷派として追われていた智将は遂に捕縛され、弟の伊織に道場を任せると告げた。だが、道場を継ぐことはすなわち琴乃との別れを意味する。伊織と琴乃の運命が再び交わる日は来るのか——。

●最新刊
十五夜草
小鳥神社奇譚
篠 綾子

父親の墓参りへ行った泰山が、墓守の鬼に取り憑かれる。死んだ親兄弟を忘れたり、死者を嘆かせるようなことをしなければ害は与えないと言うが、泰山は何か思い悩んでいるようで……。

●最新刊
千夏の光
蘭学小町の捕物帖
山本巧次

江戸で指折りの蘭方医を父に持ち、蘭学に傾倒する千夏。問屋の番頭が殺された件を調べると父が信頼する薬屋が関わっていて……。跳ね返り娘が科学の知識を駆使して難事件に挑むミステリー。

酒《さけ》と飯《めし》

居《い》酒《ざか》屋《や》お夏《なつ》 春《しゅん》夏《か》秋《しゅう》冬《とう》

岡《おか》本《もと》さとる

令和6年12月5日 初版発行

発行人——石原正康
編集人——高部真人
発行所——株式会社幻冬舎
〒151-0051東京都渋谷区千駄ヶ谷4-9-7
電話 03(5411)6222(営業)
03(5411)6211(編集)
公式HP https://www.gentosha.co.jp/
印刷・製本—中央精版印刷株式会社
装丁者——高橋雅之

幻冬舎時代小説文庫

ISBN978-4-344-43440-0 C0193 お-43-19